「まず伝えておくが、これは契約結婚だ。
君と交流を深めるつもりは毛頭ない」
冷徹公爵との結婚は契約……のはずが!?
聖女と公爵様の晩酌
~前世グルメで餌付けして、のんびり楽しい偽物夫婦ぐらし~

アベラルド
公爵家の若き当主。先代公爵家当主を引きずりおろしたことから「冷徹公爵」と呼ばれており、聖女の能力を欲して教会へ婚姻を申し入れる。
ジゼル
日本人の前世を持つ聖女。転生前はお酒と食事が大好きな元社畜。アベラルドと「週１晩酌」の契約を結ぶ。

レンドール
アベラルドの従者。アベラルドをとても慕っている。毒舌でジゼルに辛辣。
イアン
商会の主でアベラルドの友人。いつも笑顔のチャラ男だが、商いや流通への造詣は深い。
リーリエ
ジゼル担当の侍女。公爵家きっての元気娘。ジゼルの作る料理が大好き。

孤児院の子供たちのために
ポテトチップス販売で
社会科勉強！
「ポテトチップスいかがですかー？」
「お安いですよー！」

聖女と公爵様の晩酌

seijo to kousyakusama no bansyaku

～前世グルメで餌付けして、のんびり楽しい偽物夫婦ぐらし～

夢生明
ill.匈歌ハトリ
Author:Mumin
Illustrator:Hatori Kyoka

口絵・本文イラスト
匈歌ハトリ

装丁
木村デザイン・ラボ

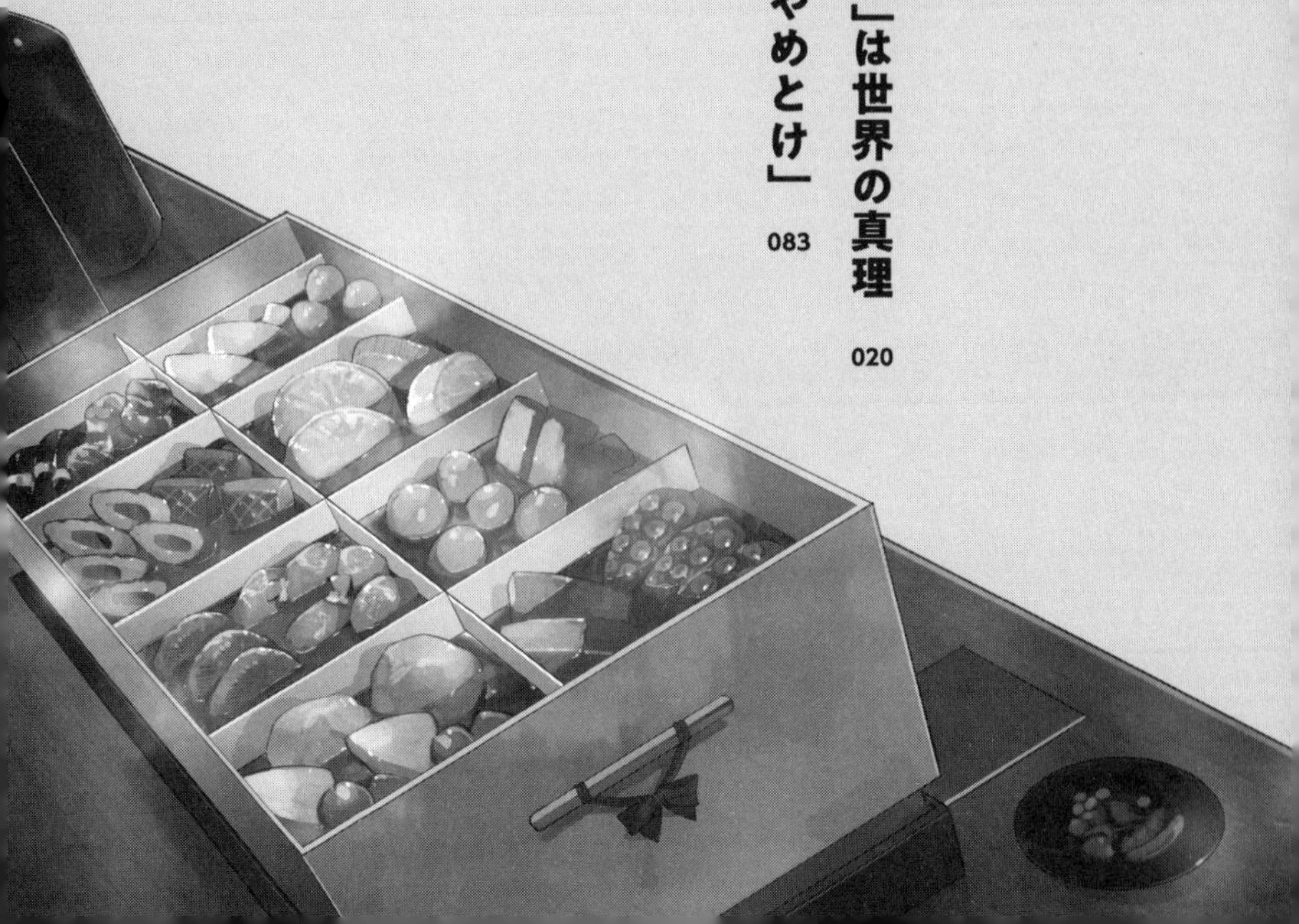

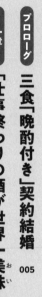

本書は、二〇二三年にカクヨムで実施された「嫁入りからのセカンドライフ」中編コンテストで優秀賞を受賞した「聖女と公爵様の晩酌～愛する必要はないので、飲み友達にはなりましょう～」を加筆修正したものです。

プロローグ　三食「晩酌付き」契約結婚

「まず伝えておくが、これは契約結婚だ。君と交流を深めるつもりは毛頭ない」

そう告げられたのは、結婚のための書類にサインをしようとしている時だった。

私の目の前に座っている男の名前は、アベラルド・イーサン。イーサン公爵家の当主であり、先代の当主を退けて今の座に就いたことから、世間から「冷徹公爵」と呼ばれている。

そんな彼は、これから私の契約上の夫となる人である。


私の名前は、ジゼル。教会孤児のため姓はない。その代わりと言ってはなんだが、私には前世の記憶がある。

前世を思い出したのは、突然のことだった。

教会の最高権力者である大司教に命じられて、二十四時間ぶっ続けで働かされている時だったと思う。睡眠を十分に取っておらず、意識が朦朧《もうろう》とする中で突然気づいたのだ。

教会ってブラック企業みたいじゃない？　と。

一度気づいてしまえば、一瞬だった。そこからは前世の記憶が雪崩《なだれ》のように頭に押し入ってきたのだから。

前世の私は、しがない会社員だった。

毎日働き詰めで、当たり前のように飛んでくる上司からの怒号、取引先からの無茶な要求、理不尽なクレームなどの対応に追われる日々。

所謂《いわゆる》、社畜というやつだ。

時間外労働や、会社に寝泊まりすることは日常茶飯事で、週に一回ほどしか家に帰ることが出来ない。

その日、数日ぶりに帰れることになった私は、久しぶりの帰宅に浮かれていた。コンビニで買ったビールとおつまみを片手に家路を急ぐ。

しかし、寝不足で足元をふらつかせていた私は、階段を踏み外して、死んでしまったのだ。


そんな前世の最期を思い出した私は、このままブラック企業、もといブラック教会にいたら、また働きすぎて死ぬと思った。

魔法が当たり前に存在しているこの世界であるが、治癒や浄化などの特別な魔法を使えるのは、聖女だけである。

そして、聖女である私は、とにかく聖女の力を使い続けることを求められていた。奇跡を起こせる聖女だって、力を使い続ければ、その力は枯渇し、体は弱っていってしまう。

今世でも働きすぎて死ぬなんて、私は絶対に嫌だった。

だから、労働環境を変えようと、教会に他の仕事を求めてみたのだが……。

まさか「冷徹公爵」と呼ばれる男に売られて、結婚を命じられるとは思いもしなかった。

ちらりと、契約相手である男の顔を見上げる。

彼の海色の瞳《ひとみ》はどこまでも冷徹で、憎々しげに私を睨《にら》みつけていた。彼が周りから「冷徹公爵」と呼ばれているのも納得の恐ろしさだ。

私は、「交流を深めるつもりはない」と冷たく突き放してきた彼に、問いかけてみる。

「あの」

「なんだ？」

「なぜ、私と結婚しようなどと思ったのですか？」

「領地で瘴気《しようき》が発生しており、一時的な浄化では状況の改善が出来なかった。長期的な領地経営のために、浄化をすることの出来る聖女が必要だっただけだ。聖女だったら誰でもよかったし、君が特別なわけではない」

「なるほど。そういう事情があるのですね」

確かに、ここに向かう途中、公爵家の領地には瘴気の特徴である黒いもやが漂っていた。

瘴気は、空気を汚染して、作物を枯らしてしまう。

普通は聖女が浄化をすることで、完全に瘴気を祓《はら》うことが出来る。しかし、公爵家の領地では一時的に瘴気が消えても、すぐに元に戻ってしまうらしい。

そこで、継続的に浄化を行えるように、聖女の力を持っている私を買ったみたいだ。

「俺は聖女の力が、君たち教会はお金が必要。便宜上、君を妻として迎えるし、生活も保証する。しかし、そこに愛などはないから、無用な期待はするな」

「分かりました。契約結婚ですから、それで大丈夫です」

彼の言葉から察するに、教会は彼に莫大《ばくだい》な寄付金を求めたのであろう。教会トップに君臨する大司教は、教会孤児たちを強制的に働かせて、いつも私利私欲のためにお金を使っていたのだから、容易に想像出来る。

大司教が得たそのお金は、いつだって私たちのためには使われない。必要最低限の着る物と粗末な食事しか与えられてこなかったため、今の私の身なりは貧相なものだ。

私には一銭たりとも支払われていないのに、「君たち教会はお金が必要」と言われると少し理不尽にも感じてしまう。

とはいえ、教会と公爵家の利害の一致から行われた結婚ならば、仕方ない。元々、契約上の関係であることは分かっていたし、契約者に必要以上のことは求めたくないのだ。

「その代わり、一つだけお願いがあります」

しかし、私にはやりたいことがあった。せっかくなので、それだけは叶《かな》えてもらいたいと思う。

「なんだ？　これ以上、何を望む」

警戒をしている公爵様の前に、私は人差し指を立てた。

「夜は、一緒に飲みましょう」

「は？」

「私、飲み友達が欲しいんです」

前世で社畜だった私にとって、唯一の楽しみが飲酒だった。

仕事が一段落して家に帰ることが出来た日に、冷えた缶ビールを飲む時間は格別だ。その瞬間のために生きていたと言っても過言ではない。

けれど、残念ながら、私には一緒に飲む相手がいなかった。仕事に忙殺されており、恋人はもちろん、友人と交流する時間すら作れなかったのだ。

別にそれでいいやと思っていたけど、「誰かと一緒に飲みたかったなあ」と、死ぬ間際に思ってしまったのだ。転生しても教会の社畜をしていたため、ずっとその機会がなかったけれど、今回の結婚はその願いを叶えるチャンスだと思う。ここは、何としてでもお願いを聞いてもらいたいところだ。

公爵様は口元に手を当てて、難しい顔をしている。

「何か問題でもありますか?」

「問題はない。だが、もっと他に要求したいことはないのか?」

「ありません。私は晩酌がしたいだけです。週に一度でいいので、晩酌しましょう」

彼は、渋々頷《うなず》いた。

「晩酌だけでいいなら……」

こうして、私と公爵様の三食「晩酌付き」の契約結婚が決定した。

というわけで、初夜である。普通の結婚ならば、初めて共に過ごす夜にドキドキの展開になるのだろうが、私たちはあくまで契約上の関係。ただ晩酌を共にするだけだ。

「分かっているか？　酒の勢いで、既成事実などを作ろうとしたら……」

「即刻追い出す、でしょう？　分かってますって。私はせっかく出来た飲み友達を失いたくないので」

「分かっているなら、いいが……」

渋い顔をしている公爵様を尻目《しりめ》に、私はウキウキとお酒の準備を始めた。氷水に浸《つ》けられて、キンキンに冷えたビールをグラスに注ぐ。

泡の比率が三割になるように丁寧に、ゆっくりと。

うん。黄金比。

ホップの香りが鼻腔《びこう》をくすぐり、ごくりと喉《のど》が鳴る。私は公爵様にグラスを渡して、自分のグラスを掲げた。

「乾杯！」

「……乾杯」

未《いま》だ警戒心を露わにしている公爵様とグラスをぶつける。そして、すぐにお酒を仰いだ。

ゴクゴク。

ククとお酒を流し込む。苦味が口の中に広がり、冷えきったビールがきーんと体を締め付けた。

「んんんんん、おいしいっ」

久しぶりのお酒に、「これだよ。これこれ」「これが欲しかったんだ」と全身が叫んでいる。最高に美味《おい》しい。

一方の公爵様は、不思議そうな顔をしながら、ビールを口にしていた。いつもはワインしか嗜《たしな》まないため、ビールは慣れていないらしい。

「公爵様、おつまみもありますよ」

そう言いながら、私は目の前に座っている公爵様に、お皿を差し出した。

用意したのは、チーズと生ハム。チーズを生ハムで包《くる》んで、串刺《くしざ》しにしただけの単純なおつまみだ。突然決まった晩酌だったため、おつまみはなかったのだが、コックさんに頼み込み、余っている食材を分けてもらったのだ。

私はさっそく、生ハムチーズを手に取って口に放り込んだ。

「ん〜、ビールに合いますね」

生ハムとチーズが口の中で溶け合って、濃厚な味わいを出している。そのまま食べても美味しいが、オリーブオイルをかけているので、よりお洒落な風味を味わえる。

単純だからこそ、お酒を引き立たせるつまみになっていると思う。これぞ、シンプル・イズ・ベストな美味しさ。

上機嫌に生ハムチーズを口にする私を見て、公爵様は口を開いた。

「聖女は、信者たちからの寄付金によって、豪勢な暮らしを保証されていると聞いた。いつもこんな風に晩酌もしているのか」

「豪勢な暮らしなんてしたことありませんよ」

なんだその話と、私は眉《まゆ》を寄せた。

私たち聖女に、お金を自由に使う余裕などなかった。

聖女の力は珍しい。だから、需要の高さの割に聖女の数は少なく、常に働かなければ手が回らないのだ。

干からびるかと思うほど働かされて、贅沢《ぜいたく》なんてする余裕なかったのに。

私が少しむくれていると、公爵様は続けて聞いてきた。

「君は、なぜお酒を飲もうなどと言ったんだ？」

「人生には楽しみが必要ですから。楽しみがないと、頑張って働けません」

「その楽しみが、こんなささやかな晩酌なのか」

「そうですよ。ささやかだから、日常の中の楽しみになるんです」

公爵様は、私の返答を聞いて、意外そうな顔をした。

彼の質問に答えた私は、空になった自分のグラスにお酒を注ぐ。理不尽に対する不快感は、飲んでいれば忘れる。数杯飲むうちに、酔いもいい感じに回ってきた。公爵様の顔も少しだけ赤くなってきているのを見て、私は聞いてみる。

「公爵様はお酒強いですか？」

「公爵家の当主が弱くてどうするんだ」

「おや、強気ですね。勝負でもします？」

「アホらしいな」

公爵様は、鼻で笑った。その反応からは、さぞ強いのだろうと予想出来る。

「残念。酔《よ》い潰《つぶ》れた公爵様、見たかったです」

「酔い潰れた俺を見て、何が楽しいのか分からないが。……いいか、よく聞け」

公爵様は足を組み、不敵に笑った。

「俺が酒で潰れるなんてことは、ありえない」


三十分後。

公爵様は、ガンッとグラスをテーブルに叩《たた》き付けるように置いた。

「俺らって、頑張っているっ」

「わー、いい感じに酔いが回っていますねー」

私の目の前には、ぐでんぐでんに酔った公爵様の姿があった。彼の顔は真っ赤で、目はとろんとしている。せっかくの美丈夫が台無しだ。

私に酔っていることを指摘された彼は、すんと真顔になった。

「酔ってらい」

「なに言ってるんですか。酔ってますよ」

酔っている人ほど、「酔ってない」と主張するものだ。彼は確実に酔っ払っている。

というか、絶対に酔わないって言ってたのに、この有様とは。

「フラグ回収が綺麗《きれい》すぎてびっくりですよ」

「俺は公爵家の当主としてっ、無様な姿なんてっ」

「はいはい」

公爵様は、私に縋《すが》ってずっと喋《しゃべ》っている。おかしいな。この人、さっきまで私のことを睨んでいたはずなんだけどな……。

本当に、同一人物なの？

「俺は当主として、何も出来てないんだ。この辺り一帯に瘴気が増えて、作物が育たなくなって、一時的に聖女を呼んでも、どうにもならなくて……っ」

「よしよしよし。公爵様は頑張ってますよ」

「うぅ」

公爵様が涙目になりながら、領地経営についての愚痴を言い始めたので、適当に慰めておく。

いや、本当に同一人物？（混乱）

「君は、本当に俺たちを助けてくれるんだろうなっ」

彼の言葉に、思わず動きを止めた。

「ここには、領民がいる。実際に生きて、生活している人がいる。なのに、手を差し伸べようとする人間はいないんだ」

「……」

「俺がどうにかするしかない」

公爵様は、真《ま》っ直《す》ぐに私を見つめている。彼の瞳《ひとみ》には疑念や不安、苦しさなどが映って揺れていた。

「教会には、たくさんお金を取られた。大事な領民の血税だ。それを君は、贅沢に使うのか？」

「使いません。というか、私にはお金を一切渡されていないので、使いたくても使えません」

「え？」

「多分、ほとんどのお金は大司教の懐に入っているんじゃないでしょうか」

「そ、そうなのか？」

私が嘘偽りなく真実を伝えると、公爵様は目を見開いた。いつまでも誤解されたままなのは、嫌だしね。

「でも、君が瘴気《しょうき》を祓《はら》ってくれれ、ば……」

彼は、そこで力尽きたようで、ソファの上に崩れ落ちた。慌てて彼の様子を確認すると、ただ眠ってしまっただけのようだった。彼は、気持ちよさそうに寝息を立てている。

「……助けます。大丈夫ですよ」

私がそっと囁《ささや》くと、公爵様の従者である男性が部屋に入ってきた。あとの公爵様の面倒は、従者の人が見てくれるだろうと、私は部屋を去った。


次の日。私と公爵様は、再び向かい合っていた。

「さて、今日から仕事を始めたい。君の主な仕事としては、瘴気の原因調査と浄化だ」

そう口にする公爵様は、「仕事の出来る人間」と形容するのが相応《ふさわ》しい、完璧《かんぺき》な立ち振る舞いをしていた。昨日の酔っ払った姿なんて見る影もない。

どうやら、飲んでいる間のことは忘れてしまうタイプらしく、彼は昨日の晩酌の話題は一切出さない。昨日の酔い方をさぞ恥ずかしがるだろうと思っていたので、少し残念な気もする。

しかし、わざわざ覚えていないことを掘り返しても仕方がないので、私も契約関係にある仕事相手として返答をした。

「瘴気の原因調査と浄化の件、承知しました。浄化は私一人で行いましょう。原因調査については、土地勘がないので、指南していただいても大丈夫ですか？」

「元より、そのつもりだ。いくつかアテはあるのだが、それについて君の意見を聞きたい」

こうして話していると、ビジネスパートナーとして、とてもやりやすい。

領地のことを理解している公爵様と、瘴気について詳しい私の知識を合わせると、徐々にこれから行うべきことも見えてきた。

「というわけで、今日はドミナス地方に行くぞ。ついて来てくれ」

「分かりました」

打ち合わせが終わり、私たちは立ち上がる。が、部屋を出ようとしたところで、先を歩いていた公爵様が動きを止めた。

どうしたんだと思っていると、しばらくして、公爵様がおもむろに口を開いた。

「君が来てくれたことは、ありがたいと思っているし、正直助かる。だが……」

公爵様は、こちらに背を向けたまま話している。彼がどんな表情をしているのか分からないが、後ろからでも耳が赤くなっているのが見えた。

「昨日のことは忘れろ」

「あー……」

酔っている間のことを、がっつり覚えているタイプだったみたいだ。彼は片手で顔を覆って、うなだれた。

「いや、忘れてくれ。忘れて下さい、お願いします」

「必死ですか」

普段はあんな失敗しないのに、生ハムチーズが美味しくて、お酒が進んでしまったそうだ。美味しくて、自分の許容量を見誤ってしまった、と。

そんなことを言われれば、おつまみを作った身としては、とても嬉《うれ》しい。

これが誰かと一緒にお酒を飲む醍醐味《だいごみ》なのかと、自然と口角が上がってしまう。

「大丈夫ですよ。お酒の失敗なんて、誰にでもあるんですから、からかったりしません」

「記憶を……」

「消しておきます」

「そんな簡単には、消えないだろう」

「どうしろと？」

私たちは軽口の応酬をしながら、目的地に向かって歩き出した。これから、毎週この人と晩酌をすることが楽しみになってきた。

一章　「仕事終わりの酒が世界一美味《おい》しい」は世界の真理

公爵家に迎え入れられてから、早いもので一週間が経過した。

「聖女・ジゼルの名の下に命じる。病める者に癒やしと安寧を与えよ」

私の声と共に、聖女の魔法による光が辺り一帯に満ちる。すると、漂っていた瘴気が一気に霧散し、清々《すがすが》しい空気に包まれた。その様子を見て、私の浄化の力を一目見ようと集まっていた人たちの間から、控えめな歓声が上がった。


私は瘴気が濃くなっている地域に出向き、聖女の力で浄化をしていった。調査をするために、公爵様がついて来てくれる日もあれば、公爵様に別の仕事があり、私と護衛の方のみで浄化に行く日もあった。

今日は、公爵様も一緒に領地へ出向いて調査をする日だった。浄化が終わり、少し離れた場所にいる公爵様のもとへ駆け寄っていく。

「この地域での浄化は一通り終わりましたが……この後も調査を続けますか？」

「そうだな。確認したいことがあるんだ。ついて来てくれ」

「はい」

そう言って公爵様が向かった先は、この町一帯の運営を任せている責任者のお屋敷だった。どうやら、あらかじめ地域の住民に対する聞き取り調査を依頼していたらしく、その結果をまとめた書類がここに集められているらしい。

今日は、その書類を受け取って、この場でなるべく目を通していくという。

「公爵様、奥様。お待ちしておりました」

屋敷に入ると、恭しく出迎えられた。

奥様という言葉にまだ慣れなくて、なんとなくムズムズする。

私たちが通された部屋には、山積みの書類が鎮座していた。

「調書に目を通して、何か気になったことがあったら、書き出していってくれ。出来れば、今日の内に疑問点は解消しておきたい」

「分かりました」

公爵様の指示に頷《うなず》く。

明日以降は別の地域に足を運ぶ予定なので、なるべくこの場で解決出来ることは解決した方がいいとのこと。

私たちは手分けして、調書に目を通し始めた。

調書の内容は、町における病人の数の推移やその状態、魔物出現の記録、その討伐状況など。あとは、住民一人一人に答えてもらったアンケートも集められていた。

瘴気の原因とされていることは主に二つである。

一つ目は、疫病の流行。

二つ目は、魔物の死体だ。魔法を使う獣を魔物と呼ぶのだが、これの死体を放置しておくと腐敗が進み、瘴気発生の原因となるのだ。

「公爵様、すみません。ここの森に魔物が放置されていたという記録が……」

「ああ、そこはだな……」

少しでも気になったことがあれば、メモして、公爵様に相談して……その作業の繰り返しだ。

本当は、直接領民に話を聞ければ一番いいんだけど、全ての人に話を聞くのは難しいし、公爵様自らが話しかけても、なかなか上手《うま》く情報を聞き出すことが出来ないようだ。

しかし、改めて、公爵家当主自らが調査のために動くってすごいことなのかもしれないと思った。

それだけ、今の瘴気に満ちた公爵領が異常事態なのか、単に公爵様が領民思いなのか。

『君は、本当に俺たちを助けてくれるんだろうなっ』

『ここには、領民がいる。実際に生きて、生活している人がいる。なのに、手を差し伸べようとする者はいないんだ』

……多分、どっちもなんだろうな。

お酒を飲んだ時にこぼした本音で、公爵様が領民思いなのは、よく分かった。

教会で働いていた頃は、教会のトップである大司教なんて偉そうに指示をするだけだったし、何なら仕事の邪魔になることの方が多かったから、公爵様のような存在は貴重だと思う。

私も公爵様と同じように、領民のために頑張ろう。

そんなことを考えながら、私は再び作業に集中し始めた。


一通りの作業が終わった帰り道。

私たちは馬車に乗って公爵邸に戻っていた。

馬車の中では、山積みの書類がそれぞれ私たちの隣に積み上げられている。今日一日で、そのうちのほとんどに目を通すことが出来ていた。

「結局、ここの地域でも、疫病が流行《はや》っている様子はありませんね」

「そのようだな。……疫病でないなら、魔物の死体のせいなのか？」

「魔物の死体は、考えにくいですよ」

魔物は森に棲《す》みつく。しかし、瘴気が濃くなっているのは、魔物が忌避する町の中ばかりなのだ。

魔物の死体が原因だと考えると、矛盾が生じてしまう。

「……真剣に考えているんだな」

「何がですか？」

「瘴気の原因のことだ。正直、こんなに協力してもらえるとは思ってなかった」

「まだ解決の糸口は見つかってないですけどね……」

「それは、そうだが」

私たちの間に重苦しい空気が流れる。

しかし、悩んでいても仕方ない。まだ一週間しか調査をしていないし、浄化に行っていない地域もある。悲観的に考えず、調査を続けるしかないのだから。

空気を変えるべく、私はポンと手を叩《たた》いた。

「そういえば、今日は約束の晩酌をする日ですよ！」

「ああ、そうだったな。飲みながら、瘴気《しょうき》の原因についても話し合いをするか？」

「晩酌の場で仕事の話はなしにしましょう。お酒は美味しく飲みたいです」

「分かった」

そう。今日は待ちに待った公爵様との晩酌の日である。一日中働いた後のお酒は、さぞ美味《うま》かろう。それに、今日は酒とは別に「特別なおつまみ」を用意しているのだ。この日のために一週間の仕事を頑張ってきたと言っても過言ではない。

そこで仕事の話をするなど、無粋なのである。

公爵邸へ戻ってすぐに、私は晩酌の準備を始めた。この公爵邸のコックさんと仲良くなっており、キッチンを快く貸してくれている。一週間ぶりの晩酌にウキウキしながら準備をしていると、一人の女性がキッチンにひょっこりと顔を出した。

「あ、ジゼル様が帰ってきてる。おかえりなさーい！」

「ただいま、リーリエ」

くせっ毛の赤髪を揺らして、同じく赤い瞳《ひとみ》を嬉しそうに細める彼女は、侍女のリーリエである。

私が公爵邸に来たばかりの時から面倒を見てくれていて、侍女の中では一番仲良くしてもらっていると思う。

「何ですか？　この茶色い食べ物は」

彼女は私の手元を不思議そうに覗《のぞ》き込んだ。そこには、本日の晩酌のおつまみがあり――……。

「食べてみる？」

「はいっ」

私は、「それ」を一本、リーリエに手渡す。

リーリエがサクッと一口食べると、彼女は頬に手を当てて目を輝かせた。

「うんまーっ」

「本当？」

「はいっ！　ジゼル様の料理、初めて食べたけど本当に美味しいです！　もっと食べたいくらいですよ」

「多めに作ってあるから、侍女仲間の人たちと食べてね」

「ジ、ジゼルお姉様……！」

「お姉様!?」

私が十八歳で、彼女が十九歳。一つ年上のはずの彼女を、私はどこか可愛《かわい》い妹のように思っているのも事実だった。そう思えるのは、彼女の性格ゆえか、私の精神年齢が前世も合わせると、かなりいい年になるからなのか……うん。年齢について深く考えるのはやめておこう。

「ジゼル様の料理を一生食べたいので、ずっと公爵様と仲良く晩酌をして下さいね」

「うーん。そうだねえ」

リーリエは、私と公爵様が契約関係にあることを知っている数少ない人物のうちの一人だ。なので、私は言葉を曖昧《あいまい》に濁した。事実、瘴気の原因が見つかれば、契約を解消する可能性の方が高いんじゃないかな。その時は、公爵邸の侍女として雇ってもらうか、労働環境のしっかりした働き先を公爵様に紹介してもらうことになるだろうか。

「ずっと仲良くが難しくて、公爵様が嫌になったら、いつでも言って下さい。その時は……」

「愚痴でも聞いてくれる？」

「いえ、私がジゼル様と結婚します！　そして、毎日美味しいものを作って下さいっ」

「えぇ⁉」

リーリエが私の手をぎゅっと握る。戸惑っていると、ちょうどそこに公爵様が通りかかった。彼は、不可解そうに手を握っている私たちを見ている。

「何をしてるんだ？」

「求婚されちゃいました……？」

「は？」

公爵様は戸惑いつつも、リーリエを私から引き剥《は》がした。

リーリエと別れた私と公爵様は晩酌部屋に入っていく。

「公爵様は、リーリエとは仲が良いんですか？」

「俺が幼い頃から、この屋敷で働いているからな。自然と距離も近くなる」

「使用人との距離が近いのって珍しい気がしますけど、素敵ですね」

そんな会話をしつつ、グラスにビールを注ぐ。そして、私は「あるもの」を机の上に置いた。

「なんだ、それは」

「酒のつまみです」

さて。私が持ってきたのは、「串《くし》カツ」である。

豚肉をサクサクの衣で包んで油で揚げた、あの魅惑の食べ物。

ちなみに、この世界には「串カツ」という食べ物は存在しないらしいことを、コックさんから聞いた。そもそも油は高級品のため、揚げ物という概念自体が存在しないのだ。しかし、ここは公爵家で、私は当主の妻。多少の贅沢《ぜいたく》は許されるというもの。

今回は公爵家のコックさんと仲良くなって、特別に「串カツ」のための材料を用意してもらったのだ。

私はさっそく一本の串カツを手に取り、頬張った。

サクッ。ザクザクッ。

高温で揚げられた串カツは、外はサクサクで、中からは肉汁が溢《あふ》れ出す。

私の食いっぷりに、公爵様がゴクリと喉《のど》を鳴らした。

「毒味は済んでますので、ご安心下さい」

物欲しげに見ていた彼に、串カツを手渡す。しばらくして、公爵様は勢いよく串カツにかぶりついた。


サクッ。


「熱っ」

彼は慌てて冷たいビールを口に含む。カッと目を見開いた彼は、串カツとお酒を交互に口にし始めた。

「酒が進みますよね？」

「ああ」

「でも、驚くのはまだ早いですよ」

私は、彼の目の前に、片手で持てる程度の大きさの壺《つぼ》を置いた。

「それはなんだ？」

「タレが入ってます」

「タレ？」

私は、壺のフタを開ける。その中には串カツ用のソースが入っており、食欲をそそる香ばしい香りがほのかに漂った。

「使った材料は、味噌《みそ》、砂糖、酒。その他諸々《もろもろ》」

前世とはまったく違った文化を持つこの世界にも、味噌や醤油《しょうゆ》といった調味料は一般的に流通しているので、手に入れるのは簡単だった。おかげで、前世の私にとって馴染《なじ》み深いおつまみを作ることが出来ている。

「異常反応を起こしそうな材料だな。しょっぱいものと甘いものと酒なんて……」

「それが、素晴らしい化学反応を起こすんですよ。さ、これをつけて食べてみてください」

彼は、恐る恐る串カツを壺に入れる。躊躇《ためら》っているからか、ちょこっとしかタレをつけていない。

それを、すぐに後悔することになるだろうとは知らずに……。

一口食べてすぐに、公爵様は驚愕《きょうがく》の声をあげた。

「なんだ、これ……！」

「美味《おい》しいでしょう？」

「サクサクとした食感と肉の厚みで、何もつけなくても美味しく食べられた。けれど、濃厚なタレが衣と絡み合って、絶妙なハーモニーを……」

「公爵様って、酒が入ると饒舌《じょうぜつ》になりますね」

「悪いか？」

「いーえ」

むしろ可愛いなって思う。何より面白い。

しかし、それを言葉にすると面倒くさそうなので、黙っておくことにした。

「おっと、二度づけは厳禁ですよ」

「そうなのか……」

一度口にした串カツを、再びタレにつけようとしていたので、制止した。初めて食べるものだから、マナーを知らないのも仕方ないだろう。

彼は、新しい串カツではたっぷりとタレをつけていた。

「仕事終わりの酒って、こんなに美味いものなんだな」

公爵様の何気ない呟《つぶや》き。それを聞いた私は、勢いよく彼の手を取った。

「気づいてしまいましたか」

「は？」

「世界の真理に」

「せかいのしんり」

公爵様は「何言ってるんだコイツ」と、やばい人を見る目で私に視線を向けた。言いたいことは分かるけど、この間べろべろに酔っていた公爵様にされると釈然としないものがある。

しばらく無言で串カツを食していると、唐突に公爵様が口を開いた。

「これは初めて見る食べ物だが……教会では、こんなに美味いものをいつも食べていたのか？」

「食べてませんよ」

そういえば、聖女は寄付金で豪勢な生活をしているって勘違いしていたんだっけ。この一週間、何かと忙しくて仕事の話しかしてなかったので。一度言ったけど、その時は公爵様がベロベロだったからちゃんと覚えているかどうか怪しい。

私は教会にいた頃のことを思い出しながら、説明を始めた。

「前にも少しだけ話したと思いますが、聖女にお金が渡されることなんてありません。寄付金のほとんどは、教会のトップ層が使っていたので。それに、聖女は年中無休で働かされていたので、贅沢する時間もありませんでしたね」

「そんなことが許されるのか？」

「許されるも何も、大司教が率先して行っていたことなので、誰も文句が言えないんです」

「なんだ、その労働環境……」

公爵様が絶句している。まあ、びっくりしちゃうよね。

この一週間で分かったことだけど、この公爵家は労働環境が整っている。それは当主たる公爵様がしっかりしているからなのだろう。

そこまで話して、公爵様が首を傾《かし》げた。

「じゃあ、なんで君はこんなに美味しいものを知っているんだ？」

「……しいて言うなら、人との繋《つな》がりですかね？　聖女として色んな地域にも派遣されましたから、参考に出来るものも多くて」

嘘ではないはずだ。聖女として色んなところに派遣されていたことは本当だし、珍しい食べ物を目にすることもあった。今回の「串カツ」は、ちょっと異世界で見てきたものを参考にしただけで。

まさか「前世を思い出したから」とは言えないので、私は曖昧に言葉を濁して、話を変えた。

「公爵様は、誰かと一緒に飲んだりしないんですか？」

「……公爵家当主として、人との関わりは多い」

そこで、公爵様は自嘲《じちょう》気味に笑った。

「しかし、この立場では敵が多いからな。美味しいものを教え合うほど仲のいい友人は、ほとんどいないな」

「そうなんですか？」

「ああ。……まあ、俺にやたらと女遊びを教えようとしてくる幼なじみはいるが。それくらいだ」

「じゃあ、これからは私が、美味しいものをたくさん教えていきますね」

私がそう言うと、彼は驚いた顔をした。そして、ふっと表情を和らげる。

「楽しみにしてる」

この一週間で、彼の笑顔を見ることはなかったので、その優しい笑顔に驚いた。驚いて、少しだけドキッとしてしまった。

そんな会話をして、二度目の晩酌が終わった。

公爵様が「飲みすぎた」とぼやいていたので、念のため、公爵様付きの従者を呼んでおいた。公爵様が「何かあった時は、俺の従者を頼ってくれ」と言っている人で、曰《いわ》く、かなり信頼出来る人らしい。

その従者の人を呼びに行くと、彼は不機嫌そうに私を睨《にら》んだ。

「無理やり飲ませたのですか？」

「まさか」

そう聞かれて、驚いた。

無理やり飲ませるなんて、絶対にダメだ。前世の社畜時代、飲み会で若い女の子に強引に酒を勧める上司とかいたけど、正直気が知れない。

自分の好きな量を、ほどほどに飲むのが、一番安全で美味しいのに。

従者の人には睨まれてしまったけれど、後のことはお願いしておくことにした。彼と入れ替わるようにして、私は部屋を後にした。


さて。晩酌でリフレッシュしたし、仕事を頑張ろう。私は気合いを入れて領地に出向く。

本日向かうところには工場が多く、領地の中でも栄えている地域で、瘴気《しょうき》を浄化しに行くのは二度目だった。この短い期間で瘴気が再び発生してしまったらしく、急な要請を受けたのだ。

公爵様は別の仕事があるそうなので、私一人で仕事をしなければならない。せっかくなので、今日からは領民の人たちと積極的に話をしていこうと思っている。

公爵様は、この間、「領民が心を開かなくて、なかなか瘴気に関する情報が集まらない」とぼやいていた。公爵家という高位貴族の肩書きから、話しづらいと感じる人が多いんだと思う。

平民出身の私相手なら話しやすいだろうし、今回からは領民にどんどん話しかけて、瘴気に関する情報をゲット出来るように動いていくつもりだ。

まずは、瘴気の浄化をしていこうと思ったんだけど……。

浄化をするために瘴気の濃くなっている場所を探していたら、人だかりがあった。そこにいる人たちの表情が一様に暗いのが気になって、私は人だかりに近づいていく。

「どうしたんですか？」

「ああ。ここの畑の作物が全て枯れちゃったんだよ」

「やはり、瘴気が原因なんでしょうか？」

「そうだろうね。まったく、せっかく聖女様が祓《はら》ってくれたのに……って、あんた、聖女様かい⁉」

「はい。そうです」

お手本のような驚き方をした女性に、にこりと微笑《ほほえ》みかける。すると、周りにいた人たちも私の登場に驚いたようで、どよめきが広がった。

無理もない。公爵家で働き始めてから一週間。挨拶《あいさつ》はすれど、積極的に領民の人たちに話しかけたことはなかったのだから。

人だかりが出来ている中を覗《のぞ》き込んでみると、そこには枯れて萎《しお》れてしまっている作物があった。

「これは、今朝枯れてしまったのですか？」

「そ、そうですね。先週、せっかく聖女様に瘴気を祓ってもらったのに、瘴気が復活して、効果がなかったようで」

「おい、失礼だろう」

答えてくれた若い女性の肩を、その夫と見られる男性が押さえる。

「いえ、大丈夫ですよ。答えて頂いてありがとうございます」

安心させるよう笑顔を向けつつ、考える。

私が公爵家に来てからの短い期間で、何回か同じ地域の様子を見に行った。そして、これまで瘴気を浄化し終えた地域は、瘴気が復活したりせずに作物も順調に育っていたのに……ここの地域は何が違うのだろうか？

……うーん。考えても分からないから、帰ったらすぐに公爵様に相談しよう。上司への報連相、すごく大事だからね。

「とりあえず、聖女の力で作物を復活させちゃいますね！」

「ふ、復活？」

聖女が使える力は、主に四つある。

一つ目が浄化。この力によって、空気を汚染する瘴気を祓うことが出来る。

二つ目が治癒。怪我人の傷や病に苦しむ人を癒やし、治療することが出来る。

三つ目が結界。悪意ある者の侵入を阻むことが出来て、一時的に瘴気が外に漏れ出ないようにすることも可能だ。

四つ目が豊穣《ほうじょう》。大地に恵みをもたらし、枯れた作物を復活させ、作物の成長を促すことが出来る。

今回は枯れた作物を復活させるので、四つ目の豊穣の力かな。

さっそく、私は両手を握り合わせて口を開いた。

「聖女・ジゼルの名の下に命じる。作物に豊穣の恵みを与えよ」

畑一帯に光が満ちる。そして、茶色く萎れていた葉が徐々に太陽に向かって開き、緑が色づいていった。私が見えている範囲の畑の作物は全て復活したようだ。

うん。久しぶりに豊穣の力を使ったけど、上手《うま》くいったみたい。瘴気の影響を受けにくいように強めに力を込めたし、これでしばらくは大丈夫だろう。

「さて。じゃあ、瘴気が復活した時期について、もう少し詳しい状況を聞きたいんですけど……」

聞き込みをしようと振り返ったのだが、私の目の前にキラキラした目をした領民の人たちが群がってきた。思わず体をのけぞらせてしまう。

「あの！　俺の畑にも祈りを捧《ささ》げてもらっていいですか⁉」

「え、えっと？」

「あ、ずるいぞ！　こっちの畑にもぜひ！」

「その前に、うちの家に病人がいるので癒やしてもらいたい」

「わしの孫が怪我《けが》をしていてのぉ」

「一人ずつ！　一人ずつお願いします！」

その日、私は予想外の仕事に奔走することになった。領民の要望を一つ一つ聞きながら、聖女の力を使って解決していくと、皆すごく喜んでくれて、「今度はこっちに」と次々と頼まれてしまったのだ。

それを繰り返していく内に、あっという間に時間が経過し、公爵邸に戻った時にはすっかり夜になってしまった。


公爵邸に戻ってすぐに、本日の成果報告をするために公爵様の執務室へと向かった。

「ただいま戻りました」

「遅かったな。……何か問題でもあったのか？」

「実は……」

今日あった出来事を話すと、資料と向き合っていた公爵様は顔を上げて、眉《まゆ》を寄せる。

「働きすぎだろう。君は契約内容をしっかり遂行しているんだから、もう少しセーブしろ」

「教会で働いていた頃に比べれば、全然ですよ？」

「そこを比較対象にするな……」

公爵様は、私の答えに呆《あき》れる。しかし、教会と前世の職場に比べれば、公爵家はかなりホワイトだと思っている。本当に。

「無理に頼み事を聞く必要はないんじゃないか？　契約の範囲外のことだぞ」

「そうなんですけど、頼られるのは嬉《うれ》しいですし……」

私が聖女の力を使ったことで、喜んでくれる姿を見れば、やっぱり嬉しい気持ちになる。それに、なにより……、

「あと、契約上でも、今の私は公爵様の妻ですから。領民の方々の要望に応えるのも大切だと思うんです」

公爵様が領地のこと、領民のことを考えて動いているならば、私も同じようにそれらを大切にしたいと思っていた。

それに、今の私の生活は領民の方々によって支えられているから、私はその分を返していかなければならないとも思っているのだ。

そんな私の答えを聞いた公爵様は、ハッと目を見開いた。意外なことを聞いて、びっくりしたとでも言いたげな表情だ。そして、気まずそうな顔をしながら公爵様は、

「あんまり無理しすぎるなよ」

と言った。

「それよりも、瘴気がこの短期間で再発してしまったことについてですよ」

「ああ、そうだな。他の地域は、瘴気は復活していないんだよな？」

「そうですね。いくつかの地域にも足を運んだんですけど、特に問題がなかったので、今のところそこだけですね」

「なるほどな」

「あと、瘴気が復活しやすい他の地域をいくつか聞き出すことが出来ました」

「本当か？」

情報は、その地域に住むご婦人たちから聞いた。彼女たちには特有の情報交換会（※井戸端会議）があるようで、夫の畑仕事をサポートするために日々情報集めを欠かしていないらしい。隣町の人とも交換することがあるから、信憑性《しんぴょうせい》は高いと思う。

「それなら、その地域の共通点を見出《みいだ》していくか」

「そうですね」

というわけで、次の日からも私は、引き続き領地に赴いて浄化作業と情報集めに励むことになったんだけど……。

その先々で、かなり領地でのお困りごとを聞くことが多くなったんだよね。というのも、私が枯れてしまった作物を復活させたことが、領地中のご婦人たちの間ですぐに噂《うわさ》になったみたいで。

「こっちの地域でも同じことを！」って頼まれることが増えたのだ。

ご婦人たちの情報網（※井戸端会議）、すごすぎる……！

頼ってもらえるのは嬉しいし、その分情報も集められるからありがたいんだけど、予想外にもやるべきことが増えてしまった。

領民のためにと意気込んだはいいものの、毎日のように帰りが遅くなっていれば、確実に疲労が溜《た》まっていく。げっそりした顔で帰ってきたある日、公爵様が提案をしてきた。

「……次の晩酌は、少し奮発でもするか？」

「え？」

「前に言ってたよな？　ささやかな楽しみがあるから、毎日頑張れるって。なら、仕事が一段落した時の楽しみでも作って……」

「ハンバーグ」

「え？」

公爵様が目を瞬かせた。私は真顔で続ける。

「がつんと、ハンバーグが食べたいです。ちょっといいお肉で」

「分かった。ちょっといい肉を買っておく」

「あと、ちょっといいお酒を飲みたいです」

「ちょっといい酒も買っておく」

ああ、公爵様がちょっといいお酒とお肉を奢《おご》ってくれるらしい。なんていい上司なんだろうか。最高すぎて、何でも出来そうな気がする。

「ありがとうございます。これで頑張れそうです！」

「急に元気が出たな。だが、無理はするなよ」

「はい！」

私が機嫌良く頷《うなず》くと、公爵様が少し呆れていた。

「ふふ、今日のジゼルちゃんは特にご機嫌だねぇ」

「今日で仕事が一段落するので、公爵様とハンバーグを食べながら、晩酌するつもりなんですよ」

「そりゃあ、嬉しいね」

あれから更に数週間が経過し、領地もほぼ全て回り終えることが出来た。領民から寄せられるお困りごともほとんど解消することが出来たのか、そういったことで声をかけられる回数も少なくなってきた。その代わり、気軽に雑談することが多くなったと思う。

今も、領地に長らく住んでいるお婆《ばあ》ちゃんから話しかけられた。

「ところで、お婆ちゃんは、どこかに行くところなんですか？」

「買い物に行くところだよ」

「じゃあ、お手伝いします。重い物は私が持ちますね」

「おや、ありがとうね」

今日は早く仕事が終わったので、まだ時間に余裕がある。私はお婆ちゃんと並んで歩き出した。

「ここ数週間、ジゼルちゃんは私たちのために奔走してくれていたね。ジゼルちゃんが頑張ってくれたおかげで、私たちも安心して暮らせるよ」

「お婆ちゃんたちがいるから、私も頑張ろうって思えたんですよ」

「嬉しいことを言ってくれるねぇ」

私とお婆ちゃんは顔を見合わせて、にこっと笑った。領民の方とのこういう会話は楽しい。公爵家での仕事は、やりがいもあって、こんな風に嬉しいことも多いのだ。

そんな話をしている間に、「聖女さまだー！」と声をあげてブンブンと手を振ってくれた子供たちに、手を振り返す。

「ここ最近は話しかけて下さる領民の方が多くて嬉しいです」

少し前までは遠巻きに見られるだけで話しかけられることはなかったのに。いつの間にか、たくさんの人と仲良くなることが出来ていた。そんなに豊穣の祈りが珍しかったのだろうか。

「それは、最初にジゼルちゃんが笑顔で話しかけてくれたからだよ」

「そうですか？」

「そうだよ。聖女様だし、公爵家の花嫁だから最初は近寄り難かったんだ。公爵様にも怖い印象が強くてね」

「あはは、そんなイメージだったんですね」

「けど、ジゼルちゃんがいつも笑顔で挨拶してくれて、困っていたら喜んで助けてくれたから、私たちも心を開くことが出来たんだよ」

そんな風に真っ直《ま す》ぐ褒めてもらえると、やっぱり嬉しい。くすぐったい気持ちになりながら、私は彼女の買い物に付き合った。

その後、買い物が一通り終わり、お婆ちゃんの家まで荷物を運んだ。立ち去ろうとすると、お婆ちゃんは紙袋を差し出してきた。

「可愛《かわい》いジゼルちゃんに、これをあげるよ」

「？」

お婆ちゃんから渡された紙袋を開けると、そこには黄色くて丸い物体が……。

「これって、もしかして……」

「ラクレットチーズだよ」

「らくれっとちーず‼」

前世で見たことがある。チーズの断面を熱して、とろけたチーズを食べ物の上にかけるのだ。

元の世界で「食べたいなあ、いいなあ」と思いつつも手を出せなかったチーズが、今、目の前にある。

「ハンバーグを食べるなら、これが必要かなって思って買ってしまったよ」

歓喜のあまり思わず手が震えてしまった。

「ほ、本当にいいんですか？」

「いいよ！」

お婆ちゃんがグッと親指を立てたことで、本日の晩酌のメニューに豪華な盛り付けが加わった。


「すまない、遅くなった」

「今さっき晩酌の用意が出来たところなので、大丈夫ですよ」

私がキッチンで晩酌の用意をしていると、公爵様がここまで来てくれた。

「今日はここで食べる予定なので、先に着替えてきちゃって下さい」

「分かった」

今日は焼きたてを楽しむために、晩酌用の部屋ではなく、ここで食べるつもりだ。

私は公爵様を追い出して、準備を続けた。しばらくして着替え終わった公爵様が現れ、キッチンの中にあるテーブルの前に座った。

「今日のメニューは、チーズ・オン・ハンバーグです！」

「おお……」

鉄板の上で、焼いたばかりのハンバーグがジュワジュワと美味《おい》しそうな音を立てている。もちろん、公爵様が買ってくれた「ちょっといいお肉」を使っている。

肉の焼けるにおいが辺りに充満し、食欲が刺激される。

ああ、そのにおいだけで幸せだ。

私は、さっそく目の前のハンバーグを口に放り込んだ。

その瞬間、肉汁がジュワッと広がる。

「んんんっ」

私は頬に両手を当てて、悶《もだ》えた。コク深いデミグラスソースも肉の味を引き立てている。

そこに、遠慮なくビールを流し込む。

「はぁ～～っ、うっま」

口の中に残っていたハンバーグの肉汁が流され、後にはビールの苦味が残る。じんわりと、冷えたビールが疲れた体に染み渡っていくのを感じた。

ああ、幸せだ。

「公爵様、美味しいですか？」

「美味しすぎるくらい美味しい。……ここは天界か？」

「地上です。帰ってきて下さい」

あまりの美味しさに、公爵様の魂がどこかに行きそうになっている。これは、早めに次の段階に行った方がいいかもしれない。

私はほろ酔い気分で立ち上がる。

「これを更に美味しくしちゃいますよ」

私は立ち上がって、今日もらったばかりのラクレットチーズを持ってくる。

「これをどうするんだ？」

「断面を熱して、ハンバーグの上にかけます。チーズとハンバーグの相性って最高なんですよね」

そう言って、私はチーズの断面を溶かすために、魔法で火を出そうとした。

しかし、なかなか火の調節が上手《うま》く出来ない。

私が悪戦苦闘していると、公爵様が指先から火を出してくれた。

「このくらいで大丈夫か？」

「もうちょっと、火を小さく出来ますか？　……そう、そのくらいです！」

火を出すのは生活魔法の一種で、練習すれば誰でも扱うことが出来るけど、意のままに操るのって意外と難しいんだよね。流石《さすが》、公爵様だ。

公爵様は、さっそくラクレットチーズの断面に火をかざす。

瞬間、ジュッとチーズの断面が熱され、ジュワッと表面からチーズが溶け出していった。

ハンバーグの上にとろりとチーズが載り、絡み合っていく。

「……っ」


チーズの芳醇《ほうじゅん》な香りがむわっと漂う。

私と公爵様は無言で頷き合って、チーズの載ったハンバーグを口に入れた。

その瞬間、ジュワッと溢《あふ》れた肉汁が口の中を満たし、とろとろのチーズと絡み合った。

「ん〜〜〜っ」

濃厚なチーズとハンバーグの組み合わせが、とろけるような美味しさを引き出している。濃厚な味わいとさっぱりしたビールとの飲み合わせも悪くない。

ところが、ここで公爵様が新たなお酒を持ってきた。それは……、

「ワインだ」

「お〜」

「年代物だ」

「わ、本当にいいお酒！　ありがとうございます！」

約束通り、公爵様が高級なお酒を買っておいてくれたらしい。

「でも、こんなものをいいんですか？」

私が聞くと、公爵様は頷いた。そして、少しバツの悪そうな顔をした。

「その……。今まで、悪かったと思ってな」

「悪かった？　何がですか？」

「初日にきつく当たっていただろう？　ずっと、君が贅沢《ぜいたく》ばかりの聖女だと疑っていたから、牽制《けんせい》のつもりだったんだ。でも、君と働いている中で俺の認識が間違っていたと分かった」

公爵様は、すまなかったと頭を下げる。

私は、そんなに気にしてなかったし、公爵様が謝る必要なんてないと思う。というか、そもそも最初の晩酌の印象が強いせいで、気にならなかったんだけど。

「大丈夫ですよ。今が楽しいのは、公爵様のおかげですし」

「しかし」

「じゃあ、このお酒に免じてということで」

「これは、労《ねぎら》いのつもりで買ってきただけなんだが……」

「細かいことは気にせず、さっさと飲みましょう！　ほら！」

と、私はさっそくワインを開けてグラスに注いだ。私が飲み始めると、しばらくして公爵様も飲み始めた。

公爵様の用意してくれたお酒は本当に美味しくて、これで来週の調査も頑張れそうだ。というか、瘴《しょう》気《き》の原因解明のために何が何でも頑張ろうと思えた。

そう意気込んだんだけど……。

「疫病が流行《はや》っている様子はない。魔物の死体もない。なのに、なぜ瘴気が何度も発生するんだ？」

「出来ることは、やりましたよね……」

あれから、私たちは行き詰まっていた。

契約開始から、二ヶ月。瘴気が濃いとされる地域で浄化活動をしてきた。

すると一時は瘴気が収まるのだが、すぐに復活してしまうのだ。更に、瘴気の発生原因も未《いま》だ判明していない。瘴気が復活しやすい地域には疫病も流行っていなかったし、どこも町の中心で人が多いから魔物の死体が原因である可能性も低い。

各地に足を運んで、時には聖女の力で浄化しながら確認したが、めぼしい成果は得られなかった。

瘴気の発生原因は、魔物の死体と疫病の二つが主流であり、他に理由が考えられない。まさに、八方塞《はっぽうふさ》がりである。

私たちはう〜んと考える。

「聖女様！」

「浄化をしてくれて、ありがとうございます！」

通りすがりの領民たちが手を振っている。私は笑顔でそれに返した。

「君は、すぐに人と仲良くなるな」

「そうですか？」

「俺は、どうしても怖がられることが多い。君は、リーリエや料理人とも打ち解けているようだし、俺とも物怖じせずに話してくれただろう？　コツとかはあるのか？」

「コツ、ですか」

　確かに、公爵家に来たばかりの時の公爵様は、怖い印象が強かったように感じる。しかし、晩酌を重ねて打ち解けてきたし、何より最初の晩酌での印象が強い。今は、怖いなんて思わなくなっていた。

「積極的に話しかけることですかねぇ」

「それは、俺も実践しているのだが……」

「あとは、とにかく相手の言葉は否定せず、笑顔でいることとか」

「なるほど。勉強になるな」

　私が心がけているのは、これくらいだ。特別なことではなく、社会人なら誰でも持っている対人スキルだと思う。

「とりあえず、今日は調査を終わりにするか」

「お力になれず、すみません」

「いや、いい。瘴気を祓《はら》ってくれるだけ充分だ。今日も一日ご苦労だったな」

「お疲れ様です。公爵様は、この後はどうされるんですか？」

「俺は、もう少しだけ調査をしていきたいと思う」

「私も手伝いますよ」

　ぼかした言い方が気になったので、そう提案した。しかし、公爵様は首を横に振った。

「大丈夫だ。俺一人で出来るし、君も疲れているだろう。それに気になることもあるんだ」

「気になること？」

私は首を傾《かし》げる。

「ああ。公爵家の情報を流している人間がいるかもしれない。その調べをちょっとな」

「……情報を？　スパイということですか？」

「こちらの動きを把握して、浄化を阻止しているような動きがある。それについて、この地域の権力者と話したいんだ」

私はチラリと後ろに目線を向ける。

そこには、珍しい公爵家当主と聖女を一目見ようと群がる領民たちの姿があり、少し耳をすませばこの会話が聞こえてしまいそうな距離だった。

「いいんですか？　誰が聞いているか分からないですよ」

「領民たちの反応も見ている」

なるほど。領民の反応を見て、不審者を洗い出しているということか。

公爵家当主は、敵が多いから大変なのだろう。彼の表情には、疲労がにじんでいた。

「それじゃあ、俺は行くが……。今日は〝あれ〟の日だったな」

「え？」

「部屋で準備して、待っていてくれないか」

「あー、はい」

彼の言葉で、「あれ」が晩酌を指しているとすぐに分かった。しかし、他の人はそうはいかなかったようで……。

後ろの方で、キャアと黄色い悲鳴があがった。私たちの会話を聞いていた領民たちの声だ。

多分、夜の営み的な〝アレ〟と勘違いされているのだろう。ただの晩酌なのに、公爵様が意味深に伝えるから。

公爵様が去ると同時に、領民の女性方に囲まれてしまった。

「公爵様は、聖女の力が欲しくて娶《めと》ったと噂《うわさ》を聞いたんですけど、それって嘘ですよね！」

「お二人は恋人関係だったんですね！」

「ずっと公爵様に怖いイメージを持っていたんですけど、ジゼル様と話している時は優しそうでしたね。仲睦《なかむつ》まじくて、羨《うらや》ましいです！」

キャッキャと楽しそうに尋ねられると、こちらも否定しづらい。どうしたものかと思案していると、後ろから一人の男性がやって来た。

「ジゼル様。今、大丈夫でしょうか？」

声をかけてきたのは、公爵様の従者・レンドールさんだった。

金髪碧眼《へきがん》の美青年で、年齢は多分、公爵様と同じくらい。公爵様の側《そば》にいることが多くて、公爵様が酔った時には、いつも介抱をしてくれている。

そして、以前、私に「公爵様に無理やり飲ませたのか」と嫌疑をかけてきたのも彼である。

すぐに誤解は解けたと思うんだけど……。彼は、今でも私を警戒しているような感じがするんだよね。こうして話しかけられることも滅多にない。

私は、珍しく声をかけてきた彼に聞き返した。

「どうしたんですか？」

「あちらで、至急確認していただきたいものがあります」

「分かりました。今、行きますね」

私は領民の女性たちに声をかけて、レンドールさんと共に別の場所へと移動した。彼女たちの姿が見えなくなるところまでたどり着いたところで、彼は振り返った。

確認してほしいものとは何だろうと、私はキョロキョロと辺りを見回す。

「確認が必要なものは、どこにあるんですか？」

「ありません」

「え？」

「助けが必要そうだったので、声をかけただけです。特に確認の必要なものはありませんので」

どうやら、助け舟を出してくれただけみたいだった。女性たちにされた質問に対して、どう答えていいか分からなかったので、本当にありがたい。

「すみません。助かりました」

「いえ。公爵様に関して、変なことを言われたら困るだけなので」

「……」

やっぱり彼、私のことをよく思っていないみたいだ。「無理やり飲ませたのか」と疑われた時から薄々勘付いていたけど、最近は特に私に対する当たりが強い気がする。

「それから。先ほど、ジゼル様が癒やした領民の方から差し入れです」

「？」

レンドールさんが差し出した紙袋を受け取る。想像以上のずっしりとした重さに、恐る恐る中身を見る。そこには——……。

「ジャガイモ！」

「この地域の特産物です」

「うわー、嬉《うれ》しいっ！　ありがとうございます！」

「……」

ジャガイモがあれば、色々なおつまみが贅沢に作れる。

ポテトサラダにしてもよし。肉じゃがにしてもよし。じゃがバターにしてもよし。グラタンにしたっていい。

考えただけで美味《おい》しそうすぎるし、よだれが出そう。

「これで、おつまみ作りますね。レンドールさんの分も用意しときますので、楽しみにしていて下さい」

「いりません」

「でも、」

「結構です。……しかし納得しました」

彼は蔑《さげす》むように鼻で笑った。そして、敵意に満ちた目でこちらを見てくる。

「いつも、そうして食べ物で釣って、公爵様を籠絡《ろうらく》しているんですね」

「え？　どういうことです？」

私が聞き返すも、彼はそれ以上は語ろうとせず、くるりと私に背中を向けた。

「お帰りの準備をしますので、少し待っていて下さい」

はい⁇


公爵邸に戻ってすぐに、私は晩酌の準備を始めた。

……怒りながら。

「ムカつく！　好きだから作ってるのに、こっちが食べ物で釣ってるみたいに言って‼」

私は怒りに叫び、ジャガイモの下ごしらえをしていく。

もちろん、怒っている相手は嫌味を言ってきたレンドールさんである。

「もし、本当に食べ物で釣ってたとしても、公爵様が喜んでくれてるんだからいいじゃん！」

トントントンと、ジャガイモを包丁で切っていく。あまりの勢いに、キッチンを貸してくれたコックさんが戸惑っているくらいだ。

「というか、公爵様を籠絡するって？　そんなこと出来ないよっ」

私は、切ったジャガイモを油の中に入れた。ジャガイモがジュワジュワパチパチと音を立てる。

「私のことが気に入らないのは分かってたけど、なんであんなこと言われなきゃならないの！」

狐色《きつね》になってきた頃合いで、揚げたジャガイモを油から取り出して、皿の上に載せる。

出来上がったのは、フライドポテトだ。

冷めていくポテトを見て、私も少し冷静になった。

「なんで、彼はあんなに警戒してるんだろう……」

「何の話だ？」

振り返ると、後ろには公爵様がいた。整った顔が至近距離にあって、少し驚く。彼の碧色の瞳《ひとみ》が透き通っていて、とても綺麗《きれい》だと気づいた。思わず見惚《みと》れてしまいそうになって、ハッとする。危ない危ない。

「独り言です。気にしないで下さい」

「分かった。ところで、それが今日のつまみか？」

彼は、私の手元を興味深そうに覗《のぞ》き込んでおり、私は視線を手元に戻した。

「そうです。今から運びますね」

私がお皿を持ち上げると、彼が代わりに晩酌部屋まで運んでくれた。

「なんだ、これは？」

「フライドポテトです」

前の世界で、フライドポテトはハンバーガーのお供の定番だった。ハンバーガーを食べた後の、「もう少し何か食べたいな」という気持ちを満たしてくれるのが、他でもないフライドポテトだった。

しかし、今回提供するのは、ハンバーガーのお供ではなく、ビールのお供だ。おつまみとして、少し趣向をこらしたい。

私は三つ仕切りになっている小皿を差し出した。そこには、色の違うソースが入っている。

「さて、今回は三種のソースをご用意しました」

「今回のソースは串《くし》カツの時と違うのか？」

「違います。左から、チーズクリーム、ケチャップ、からしです」

「なるほど」

「これらのソースをディップして、食べるんです」

私は試しに、チーズクリームをつけて食べる。サクッと心地のいい音が響く。チーズクリームの酸味のある甘さとポテトの塩っけが絡み合っている。そして、その濃厚な味わいを、容赦なくビールで押し流す。最高。

「ちなみに、今回は二人分のお皿を用意したので、ディップし放題。二度づけオッケーです」

「なん、だと……!?」

以前、二度づけ厳禁にショックを受けていた公爵様が、雷に打たれたような顔をした。

「さあ、さっそく食べましょう！」

そう言って、私は再びフライドポテトを手に取った。

まずは、ケチャップにつけて食べてみる。これは王道の味わい。トマトから丁寧にソースを作ったので、濃厚ながら、爽《さわ》やかな後味になっている。

次につけるのはからしである。からしは、ピリッとした刺激がアクセントになっていて、さっぱりとした味わいだ。

そして、再びチーズクリームをつける。後は、その繰り返し。無限ループだ。

無心でポテトを頬張る。しばらく室内には、サクッサクッと咀嚼《そしゃく》音だけが響いた。一通り食べ比べをした後で、私は公爵様に尋ねた。

「私は、からしが好きですが、公爵様はどうですか？」

「俺はケチャップだな。一番合っていると思う」

「ケチャップも美味しいですよね。というかどれも美味しい。これを作った私って天才なのでは……？」

「自分で言うか？」

公爵様は、私を呆《あき》れた目で見てくる。

「こんなに美味しいのに、体に悪そうなのが難点だな……」

「何を言いますか。体に悪いから、美味しいんですよ」

私はニヤリと笑って、一旦《いったん》部屋を出た。そして、「とあるもの」を取ってきた。

「どうした？　また何を持ってきたんだ？」

「ソフトクリームです」

「そふ……？　なんだって？」

「ソフトクリーム」

「……甘い氷菓子だよな？　それを、どうするんだ？」

「ポテトにつけるんですよ」

「は？　甘いものをつけるのか？　正気か？」

「甘いものとしょっぱいものって、意外と相性いいんですよ」

ソフトクリームって、ポテトにつけるには邪道だから、出そうか迷ったんだけど。

前世、マッ〇のＣＭで、フラッペのクリームにポテトをつけていたのを見たことがあるんだよね。

あれ以来、やってみたくて仕方がなかったんだ。

さっそく、私はポテトにソフトクリームをつけた。公爵様が信じられないものを見る目をしていて、少し面白い。

「おいし〜〜〜っ」

ポテトの熱によって、ソフトクリームが溶け出していて、なめらかな味わいになっている。ポテトの塩っけがクリームの甘さに絡んで、絶妙な美味しさを体現していた。

甘いものとしょっぱいものを交互に食べることはよくあるが、同時に食べることの何と素晴らしいことか。

この背徳感がたまらない。

それに、塩分と糖分が、疲れた体に効いていく。

ふと、公爵様を見ると、彼はまだソフトクリームをつけたポテトに挑戦出来ていないようだった。

未知なる食べ物に、勇気が出ないようだ。

「公爵様も、食べてみてくださいよ？」

「は……」

「ほらほら～」

酔っているからなのか、私は変なテンションになって、クリームをつけたポテトを公爵様の口元に差し出してしまった。いわゆる「あーん」状態に、公爵様は少し迷った後、私の手からポテトを食べた。

彼は口元を押さえて、顔を赤くしている。耳元まで真っ赤にしているのを見ると、公爵様もだいぶ酔ってきているみたいだ。

「どうですか」

「不思議な味がする。……いや、美味《うま》いな。なんだこれ」

「そうでしょう？」

「もっとクリームをつけたら、美味《おい》しいかもしれないな」

「そうですね」

私たちは再びソフトクリームをポテトにつけた。そして、頷《うなず》き合って同時にポテトを口に放り込んだ。

「「～～～～っ‼」」

悪魔的な美味しさに身悶《みもだ》える。公爵様も私と同じように、あまりの美味しさに言葉を失っている。

「確信した。君は天才だ」

「ようやく気づきましたか」

「ああ……っ」

軽口を叩《たた》きながら、なごやかに会話をしていく。今日会った領民との会話や、領地のこと。ただし、仕事の話は抜きにして。

初めは会話の少なかった私たちだが（初回は除く）、徐々に晩酌中に話すことも増えてきた。昼はビジネスパートナー、夜は友人。私たちは、そんな関係を順調に築いていると思う。

お酒飲んで、美味しいものを食べて。それに、こうして晩酌を共にしてくれる人がいる。

幸せだなあと、しみじみと感じた。

そんなことを考えていると、突然、公爵様が笑いを漏らした。

「なんですか？」

「君の幸せは、随分とのんきだな」

「私、声に出してましたか？」

「ああ。はっきり声に出していた」

しまった。私もかなり酔っているらしい。

「君は、本当に面白いな」

「……」

公爵様は、私を瞳に映して目を細めた。最近は、公爵様の笑顔を見ることが増えた気がする。それだけ、心を許してくれているってことなのかな。

「君は、本当に……」

しかし、その後の言葉は続かなかった。公爵様は、そのまま目を閉じて寝てしまったのだ。

「公爵様は、本当に優しいですね」

「冷徹公爵」だと言われているはずの彼が優しいことは、もうとっくに気づいている。

それに彼のおかげで、楽しい晩酌ライフを送ることが出来ているのだ。私はこれからも公爵様との契約を続けていきたいと思っている。

だから、他の人に少し嫌味を言われたことなど気にしなければいい。職場で性格が合わない人なんて一人くらいいるものだし、回避くらい出来るもんね。

『いつも、こうして食べ物で釣って、公爵様を籠絡しているんですね』

私のことを敵視しているレンドールさんのことを思い出して、「なるべく関わらないようにしよう」と決意を新たにした。

しかし、その決意がしっかりとフラグになったということに、私は後から気づくことになる。


見事にフラグ回収されたのは、次の週のこと。私は、鍋《なべ》で「チーズ」を煮込んでいた。

今日の晩酌では、チーズフォンデュをお酒のお供にしようと考えていた。

ぐつぐつとチーズの煮込む音がする。

チーズの芳しい香りが漂い、もうにおいだけで美味しそうだ。段々と「お腹空《なかす》いちゃったし、一口だけ食べちゃおうかな」とウズウズしてきた。

これは決してつまみ食いじゃない。美味しく作れているかどうかの味見だ。味見なら、いいだろう。味見なら……。

「ジゼル。今日の晩酌なんだが」

「たたた食べてませんっ」

「食べ……？　何の話だ」

ちょうど調理場にやって来た公爵様は、私の言葉に驚いている。

危ない危ない。公爵様が来てくれなかったら、危うく食べてしまうところだった。「味見だから」と言い訳をして食べ始めたら、絶対に一口じゃ終わらない自信がある。

私は笑顔で誤魔化して、公爵様に聞いた。

「いえ、何でもありません。どうしたんですか？」

「実は、今日の晩酌なんだが、急用が入ってしまって、共に出来なくなってしまったんだ」

「え⁉」

「本当にすまない。どうしても外せない用事が入ってしまったんだ」

そんな。今日はとっておきの料理を用意したのに……。しかも、二人分用意してしまったから、食材が余ってしまう。

けれど、謝る公爵様は本当に申し訳なさそうで、怒る気にはなれなかった。

「お仕事なら仕方ないですよ。むしろ、いつもお忙しいのに、晩酌に付き合ってもらっちゃってすみません」

「君が謝る必要はない。契約を破る形になってしまったのは、こちらなのだから」

「契約……」

契約という言葉に、少しモヤッとした。しかし、すぐにそれを振り払う。彼は本当のことを言っただけなのだから。

「本当にお気になさらないで下さい。食材が余ってしまうのがもったいないけれど……。また来週、飲みましょう」

「ああ。もちろんだ」

私たちは微笑《ほほえ》み合う。一緒にチーズフォンデュを食べたかったが、仕方がない。契約相手に我儘《わがまま》を言うなんて出来ないし、また別の機会に作ろう。気持ちを切り替えて、そう決めた。

後は、作ったものを余らせないために、どうするかなんだけど……。

「君の料理についてだが、食材が余らない方法がある」

「え？」

公爵様の提案に、私は思わず顔を引きつらせた。

さて。全ての準備が整い、待ちに待った晩酌の時間なんだけど……。

「……」

「……」

いつも晩酌をしている部屋には、気まずい空気が流れていた。

なぜなら、私の目の前にはレンドールさんが座っていて、彼は私のことを嫌っているのだから。

彼が、公爵様の代わりに一緒に晩酌をしてくれるそうだ。ドタキャンして申し訳なく思った公爵様が呼んだんだって。

正直、自分を嫌っている相手とはあまり関わらないようにしたい。自分も相手も負荷がかからないように、仕事相手として、必要最低限で関わっていくのがちょうどいいのだ。

とはいえ、この状況は、公爵様のご厚意。食材も余らせるわけにもいかないし、レンドールさんに嫌な気分をさせるわけにもいかない。それに、何か誤解があるのなら、この機会に解けるかもしれない。

ここは、元社畜の対人スキルを存分に使って、もてなすのが最適解……！

私は、レンドールさんににこりと笑いかけた。

「えっと、とりあえず飲みますか」

「僕はお酒を飲まないので、水でいいです」

「そ、そうですか」

いきなり出鼻をくじかれてしまった。

仕方ないので、私は自分の分だけビールを注いだ。いつもだったら、私は二人分のビールを注いでいるのだけど、今日は一人分だけのビールになってしまった。

「二人分注いでいる」というのは、公爵様が私にお酌をさせているというわけではない。ただ私がビールの黄金比を崩したくないだけだった。泡とビールの黄金比は、三対七。これだけは絶対に譲れないのだ。

一度、公爵様が注ぎたがったので、ビールの注ぎ方講座を開いたことがある。けれど、これがなかなか難しかった。

完璧《かんぺき》なイメージのある公爵様は、意外にも不器用で、何回注いでみても、泡がグラスから溢《あふ》れてしまうのだ。何度も失敗してしまって、しょんぼりしている公爵様、可愛《かわい》かったな。

それ以来、基本的に私がビールを注ぎ、何回かに一度は、公爵様もビール注ぎに挑戦している。まだまだ合格点は出せないけれど、少しずつ上手《じょうず》になっている様子は微笑ましい。

「どうして笑っているんですか？」

公爵様のことを思い出して、少し笑ってしまっていたらしい。レンドールさんに怪訝《けげん》そうな顔をされてしまった。

変に誤魔化しても、新たな誤解を生んでしまいそうだ。私は正直に話すことにした。

「公爵様のビールの注ぎ方を思い出していたんです。公爵様、あまり上手《うま》くなくて、それが微笑ましくて……」

そこで、言葉を止めた。

レンドールさんに強く睨《にら》まれてしまったからだ。

どうやら、この話題は駄目だったらしい。もしかしたら、自分の主人が馬鹿にされていると感じてしまったのかもしれない。こちらにそんなつもりはなかったが、申し訳ないことをしてしまった。

私は、すぐに話題を変えた。

「えっと、今日はおつまみとして、チーズフォンデュというものを用意しました」

私がそう言うと、レンドールさんが眉《まゆ》をぴくりと動かした。

「もしかして、チーズ苦手でしたか？」

「いえ、大丈夫です」

「それならよかった」

チーズ好きの人は多い。その一方で、癖のあるチーズを苦手に思う人も少なくない。だから、彼がチーズを食べられると聞いてホッとした。

私はテーブルの真ん中にチーズの入った容器を置く。その周りに具材を配置していった。

スライスパン、ジャガイモ、ウィンナー、にんじん、トマト、ブロッコリー、ハム……といった具合に、チーズに合う食べ物を並べていく。

これらをチーズにつけたら、どれだけ美味しかろう。

さっそく私は銀製の串《くし》を手に取って、ウィンナーを刺した。そして、それを熱々のチーズにつける。取り出したウィンナーには、とろとろのチーズがたっぷりと絡んで、熱気を放っている。私は我慢出来ずに、さっそくウィンナーにかぶりついた。

パリパリ、パリッ。

「ん～～～っ」

噛《か》むと同時に肉汁が溢れ出して、濃厚なチーズと混ざり合う。美味しすぎる。

その濃厚な美味しさをつまみに、ビールを勢いよく流し込む。熱々のものを食べたので、冷えたビールが体に効く。

さて。次に手に取ったのはジャガイモだ。ホクホク食感のジャガイモが、熱々のチーズに溶け出している。ジャガイモとチーズの相性が本当に抜群だ。

その次は、スライスパン。そのままチーズにつけるのもいいけれど、ここは趣向を凝らしたいと思う。パンとトマトとハムを一気に串刺しにして、ピザ風にする。お行儀が悪いかもしれないけれど、この罪悪感がたまらないのだ。

それに、アメリカンな感じがお酒に合うしね。

「はあ、おいしー……」

そこで、レンドールさんが食材にまったく手をつけていないことに気づいた。初めて食べるものだから、戸惑っているのかもしれない。私は彼用の串でにんじんとウィンナーを取って、彼に差し出した。

「ほら、レンドールさんも食べてみて下さい」

「いえ、大丈夫です」

レンドールさんは胡乱《うろん》げに、首を振る。しかし、せっかく来たのに、何も食べないのだろうか。

「夕飯もまだですし、お腹空いてますよね？」

「大丈夫ですから」

「でも」

「しつこいですよ！」

彼は、私の手を振り払う。すると、その衝撃でにんじんとウィンナーが私の手から離れてしまった。

「あっ……」

食材がコロコロと転がっていき、私たちの間に気まずい沈黙が流れる。しばらくすると、レンドールさんが深いため息をついた。

「……勘違いしないで下さい」

「え？」

「僕は、公爵様に命じられて、ここに来ただけですので。食材が余れば食べますが、あなたと仲良しごっこをする気はありません」

食べ終わったら呼んでください、と言って彼は部屋を出て行こうとする。そんな彼の腕を、私はガシッと掴《つか》んだ。レンドールさんはすぐに振り払おうとするが、強く握った私の手を振りほどくことが出来ない。

「レンドールさん」

「何ですか？」

「……………………い」

命じられて来た？　仲良しごっこ？

そんなこと、どうでもいい。私が許せないのは。私が彼に言いたいのは、ただ一つだけ。

「食べ物を粗末に扱わない‼」

「へ？」

目を見開いたレンドールさんに、私は勢いよく詰め寄った。

「いいですか？　食べ物を粗末に扱ってはいけません。なんでか分かりますか？　食べ物は様々な人が関わって、ここまでたどり着いているからです。色々な人が苦労して、収穫したり運んだり、調理したりしているんです。それを粗末に扱うなんて、言語道断。わざとじゃないならまだしも、『仲良くしたくない』なんて理由で食べ物を振り払って……。もちろん、不注意だった私も悪いですが」

私は、レンドールさんを椅子に座らせて、粗末にしてしまった食べ物について言及していく。しかし、彼は話をまったく聞いていないように見える。私は怒りに身を震わせながらも、なんとか冷静に問う。

「あの、聞いてますか？」

「……食べ物のことで説教をするなんて、聖女様は随分と立派なんですね」

彼は蔑《さげす》むようにこちらを見た。その目線が憎々しげで、ここまでされると流石《さすが》に少し悲しい。

「そんなに、私のことが嫌いですか？」

「嫌いですね」

「なぜですか？」

彼は、私の質問には答えようとしない。

私はチラリと、手のつけられていないチーズフォンデュとお酒を見た。

美味《おい》しい食べ物とお酒は、口を軽くさせる。私は、今度こそしっかりと彼に食材を手渡した。

「せっかくだし、食べてみませんか？　私のことは嫌いでも、チーズフォンデュが嫌いなわけではないんですよね？」

「……はあ。分かりました。けれど、お酒は飲みませんよ」

まあ、お酒は酔う危険があるし、嫌っている相手に酔っている姿なんて見せたくないだろうしね。

彼はウィンナーをチーズにつけて、口に運んだ。私も同様にブロッコリーを取って食べる。ブロッコリーが口の中でホロホロ溶けていく。

しばらくの間、沈黙が続いた。

彼は黙々と食べるだけで、何も喋《しゃべ》ろうとしない。しかし、晩酌も終盤に差し掛かった時、彼はようやく口を開いた。

「……僕は、教会孤児です」

「え？」

思わぬ言葉に驚いた。私も教会孤児として育ち、聖女の力を見出《みいだ》されてからは聖女として働かされていた。つまり、彼と私は同じような幼少期を過ごしたことになる。

彼は、私が驚いていることには気づかずに、話を続けた。

「教会が孤児を引き取っていると言えば聞こえはいいですが、実際は強制的に働かせて、金を稼がせる人材が欲しいだけ。少しでも労働を休めば、殴る蹴《け》るも当たり前にされてきました」

それは、私にとっても覚えのある記憶だ。人手が足りないからと縋《すが》られ、決まった仕事量をこなさないと殴られる日々を送っていた。教会が腐っているのは、どこでも変わらないみたいだ。

「必死になって働いた金が何に使われているのかと思って、ちょうど僕の所属する教会に来ていた司教に問いただしてみたんです」

その時の司教にこう説明されたそうだ。

『あれはね、聖女たちが着飾るために使われているんだよ。彼女たちが贅沢《ぜいたく》ばかりするから、経営が厳しくてね』と。

ヘラヘラと笑って告げる司教と、自分たちの稼いだお金を使っているという聖女に、心底怒りがこみ上げてきたという。

そして、彼は教会から逃げ出すことを決意。孤児を監視している司教たちの目をくぐり抜けて、なんとか教会から脱走したそうだ。

しかし、孤児が保護者のいない状態で生きていけるほど、世間は甘くない。痩《や》せ細《ほそ》っている薄汚い少年を雇ってくれる場所なんてどこにもなかったのだ。

今、彼がこうして生きていられるのは、餓死寸前の状態になっていたところを、たまたま通りかかった公爵様に拾われたからだそうだ。

そして、公爵家に面倒を見てもらった恩返しをするために、彼は今も公爵様のもとで第一の従者として働いている。

「あの地獄から抜け出せたのは公爵様のおかげです。だから、公爵様に感謝してるんです」

「そう、だったんですね」

「はい。公爵様には誰よりも幸せになってほしいと思っています。なのに、公爵様の妻になった聖女は、公爵家でもこんな晩酌を開いて贅沢ばかり」

「……」

それを聞いて、彼が私に敵意を向けていた理由が分かった。けれど、「孤児たちが稼いだお金を聖女が使っていた」というのは、誤解だ。ずっと働かされて、贅沢をする余裕なんてなかったのだから。

どう誤解を解こうかと思案していると、レンドールさんはこれまで以上に語気を強めて語りかけてきた。

「それに、なによりも許せないことがあるんです」

「なんですか?」

何を言われるのだろうと身構える。何か彼を怒らせるようなことをしてしまっただろうか。

彼は、ぐっと拳《こぶし》を握った。そして。

「どうして、そんなに公爵様と仲良くなってるんですか⁉　僕だって、公爵様と晩酌したことないのに！」

「え、そっち？」

私が驚くと、彼は水を呷《あお》って、グラスをテーブルに叩《たた》き付けて、勢いよく話し始めた。

「大事なことです！　性悪の聖女なんか、公爵様はすぐに追い出すと思っていたのに、二人はどんどん仲良くなって……っ！」

まあ、毎週のように晩酌をしていれば自然とね。公爵様はいい人だしノリも合うから、仲良くはなるよね。

「最初は公爵様もジゼル様のことを警戒していたのに、いつの間にか公爵様は絆《ほだ》されてしまって……」

そういえば、公爵様も最初は私を睨んできていたなあ。もはや、懐かしい。

「今日だって、一緒に食事をすれば仲良くなれるって公爵様に勧められて、断れないしっ」

断れなかったんだ。というか、もしかして、私たちを仲良くさせるために、公爵様はこの場を設けたのかな。

「晩酌に来てみれば、ジゼル様に、公爵様のビールの注ぎ方を知ってるとマウントを取られてっ」

「え、マウントのつもりじゃな」

「マウントでしたよ！」

食い気味に言葉をかぶせてきたレンドールさんは、グラスに水を注いでもう一度呷った。……彼は、お酒でも飲んでるのかな？　いやでも、彼が自分で水を入れていたのは見ていたし、シラフのはずなんだよな。

もしかして、彼はシラフでこのテンションなの……？


「そもそも、公爵様は」

「ストップストップ。一旦《いったん》止まって下さい」

そう言うと、彼はようやく言葉を止めた。しかし、彼の目は不満そうで、またすぐに語り出しそうな感じがする。迷っている暇はないと、私はすぐに彼の誤解を解くための弁明を始めた。

「あの、さっきの〝聖女は教会のお金で贅沢をしていた〟という話なのですが。あれ、嘘ですよ」

「え？」

戸惑うレンドールさんに、教会での聖女の待遇や、今まで私が受けてきた扱いなどを語った。できるだけ分かりやすく、簡潔に。

全ての事情を話し終えるが、レンドールさんはまだ納得していないといった表情で口を開いた。

「はあ？　全部、司教の嘘ということですか？」

「そうです。というか、公爵家に来たばかりの頃の私を思い出してください。痩せ細っていたし、着ていた服だって地味なものだったはずですよ」

「確かに、そんな記憶はありますが……。じゃあ、なんで教会はわざわざ聖女がお金を使っていると言ったのでしょうか？」

「何か問題が起きた時のために、聖女に罪を擦《なす》り付《つ》けるつもりだったんじゃないですか」

卑劣な教会のことだ。その可能性は充分に考えられる。

しかし、そこまで説明をしても、彼はまだ半信半疑といった様子だ。

「では。ジゼル様はなぜ、当たり前のように食材を浪費するんですか？　今日だって、チーズをこんなに使って……。贅沢に慣れてるからなのでは？」

「ええと。一応、材料は私の給金で買ってますよ」

実は、聖女として役目を果たす対価として、公爵様から給料をもらっているのだ。

元々、給料はない予定だったのだが、教会からお金を受け取っていないと知った公爵様が配慮して下さった。

公爵様から「自由に使っていい」と言われたお金のほとんどを、私は晩酌のために充てていた。この間のハンバーグの時みたいに、時々は公爵様もお酒や材料を買ってきてくれるし、お金に困ったことはない。初めて公爵家から給料をもらった時は感動してしまった。労働時間内の働きでも、充分にお給料ってもらえるんだ、と。

ビバ、ホワイト企業。労働環境が整っているって素晴らしい。

「は？　給金で材料を？　ドレスや宝石は買ってないんですか？」

「はい。ほとんどを材料費と酒代にしています。私の格好を見れば分かるでしょう」

かりそめとはいえ、公爵夫人ではあるため、必要最低限の身なりは整えられるように用意してある。けれど、決して無駄遣いはしていないはずだ。

私の格好をマジマジと見つめた彼は、「ああ」と唸《うな》った。

「とんだ誤解をしており、すみませんでした」

「いえ、大丈夫ですよ」

「けれど、公爵様と仲がいいことは恨んでいます」

「とんだ私怨《しえん》で、びっくりです」

レンドールさんの私に対するこれまでの言動は、公爵様と晩酌していることが許せなかったがゆえのものなのだろう。それにしても、いい大人が嫉妬《しっと》であんな態度を取るなんて……。

「そんなに、公爵様のことが好きなんですか?」

「はい。拾って下さった公爵様は、僕のヒーローですので」

「なるほど?」

彼は頬を赤くして、目を伏せた。そんなに好きなんだなあと思いつつ、私は再び、まだ残っていたチーズフォンデュに手をつけ始める。

少し冷めてしまったが、それでも美味しい。レンドールさんも今度は素直に一緒に食べてくれたので、用意していた食材はすぐになくなった。

「ごちそうさまでした」

「食べていただいて、ありがとうございました」

「いえ。それでは失礼しますね」

彼はこの部屋から去ろうとしている。私は勇気を出して、彼を呼び止めた。

「あの!」

「なんですか?」

「今度は一緒にお酒を飲んでくれませんか？」

今回は、一緒にお酒を飲むことが出来なかった。けれど、誤解が解けた今、改めて彼と一緒にお酒を飲んでみたいと思ったのだ。

公爵様を入れて三人で飲むことが出来れば、彼も嫉妬しなくて済むだろうし。

しかし、彼は首を横に振った。

「無理です」

「公爵様が一緒でも？」

「無理ですね。少なくとも、あと三年は」

三年？　と首を傾《かし》げると、彼は気まずそうに目を逸《そ》らした。

「僕、まだ十五歳なんですよ。お酒飲めるようになるまで、あと三年は必要なんです」

「十五歳……」

その言葉に、これまでの彼の言動が甦《よみがえ》る。確かに、彼は絶対にお酒を飲もうとしていなかった。

それに、彼の言動の数々には少し子供っぽい一面もあったような気がする。

というか、十五歳。十五歳って。

「もしかして、私より年下なの⁉」

「年下ですね」

「ええ⁉」

てっきり、公爵様と同じくらいの年齢だと思っていた。大人と一緒に働いていたし、公爵様も信頼しているみたいだったから。

「さて。チーズフォンデュとやらも食べ終わりましたし、今度こそ帰りますね」

「ちょ、レンドールさん！」

衝撃の事実だけ残して置いていかないで、と呼び止めるも、彼は振り返ろうともしない。

ああ、行ってしまう。

誤解は解けたけれど、まだまだ仲良くなれないみたいだと少しだけ悲しくなった。

しかし、部屋を出て行く直前。彼は立ち止まって口を開いた。

「どうしてもと言うなら」

彼は、小さな声でぼそりと言った。

「一緒にご飯くらいは食べます。…………………ので」

「え？」

「それでは」

「ええ⁉」

彼はそれだけ言い残して、部屋を出て行ってしまった。

一見、そっけない態度のように見えるが、私にはばっちり聞こえていた。「チーズフォンデュ、美味《おい》しかったので」と呟《つぶや》いていた言葉が。

そして、がっつり見えていた。彼の耳が照れて赤くなっていたところが。

「もしかして、彼ってツンデレというやつでは……？」

そう呟いて、クスッと笑ってしまった。

公爵家に来てから、早いもので三ヶ月ほどが経過した。少しずつだけど、領民の人たちや公爵家の人たちに認められてきている気がする。

幕間　「夜中だけど、お酒飲んじゃお！」「やめとけ」

私は、教会孤児だった。

清廉潔白を謳《うた》っているはずの教会は、非常に劣悪な環境で、ご飯も一日一食もらえればいい方。反抗すれば、服で見えないところを殴られる。

私に聖女の力があると判明してからも、その待遇はほとんど変わらなかった。

ほぼ洗脳のような状態で、毎日働かなければと気を張っており、教会のために働くことが全てだった。

この状況をおかしいと思ったのは、前世を思い出すことが出来たからだ。思い出さなければ、きっと今も黙々と教会のために尽くしていたはずだ。多分、死ぬまでずっと。

教会を出て、公爵家へ向かう直前。教会のトップである大司教から言われた。

『ジゼル。私たちが育てた恩を忘れてはならないよ』

あいつは、そう言って私を売ったんだ。


「……っ‼」

嫌な夢を見て、目が覚めた。カーテンを開けると外はまだ暗く、夜中に起きてしまったことが分かった。

教会孤児だったレンドール君の話を聞いたからだろうか。久しぶりに、教会で働いていた時のことを思い出してしまった。そして、大司教の意味深な言葉も鮮明に頭に甦っていた。

聖女という立場上、大司教と顔を合わせることは度々あった。彼はいつも穏やかに微笑《ほほえ》んでいるのに、私たちを詰《なじ》って殴った。そして時々優しい言葉をかけるんだ。

その優しいフリをした彼の言葉に騙《だま》されて、ずっと働いてきたけど……。

私は目線を下げ、考えを振り払った。教会でのことは、もう終わった話だ。今はとてもいい労働環境で働くことが出来ているのだから、楽しいことでも考えて、さっさと寝よう。

明日は仕事が休みになっている。何をしようかな。美味しいものでも買いに行こうかな。昼間からお酒を飲んでもいいかもしれない。

「……」

眠れない。どうしても、教会での出来事を思い出してしまって、目を瞑《つぶ》っても眠りにつくことが出来ない。今までは、こんなことなかったのに。

寝汗もかいてしまったし、喉《のど》も渇いているので、私は何かを飲むことにした。私は飲み物を取りに行くため、部屋を出てキッチンを目指す。

屋敷の中は静まり返っている。

ふと、今日一緒に晩酌をすることが出来なかった公爵様のことを思い出した。

公爵様は、仕事が終わって帰ってきているかな。次にゆっくり話せるのは、来週になるのだろうか……。

やがてキッチンにたどり着き、物色を始める。

「確か、この辺に飲み物があったはず」

そこで、目に入ってしまった。レンドール君が飲めなかったために、残ったビールだ。お酒は取っておけるので、来週用に残したのだが。

ゴクリと喉が鳴る。

残っているなら、飲んでもいいよね？

そーっと、お酒を取り出していく。そーっと。

「待て。夜中に酒はやめておけ」

後ろからひょいとビール瓶を取り上げられてしまった。驚いて振り向くと、そこには公爵様の姿があった。

「え⁉　なんでいるんですか？」

「今帰ってきたんだよ。部屋に戻ろうとしたのに、夜中のキッチンに忍び込んで、酒を飲もうとしている女がいてな」

「う……」

客観的に聞くと、自分がやばい女すぎて頭を抱えたくなる。

それでも私は、公爵様に手を差し出した。

「公爵様、お酒を返して下さい。無性に飲みたいんですよ」

「ダメだ。喉が渇いているなら、別のものを飲め」

「無理ですよ。もうビールを飲む気分になりました」

「なら、早く寝ろ。寝ればそんな気分はなくなる」

寝ても消えなかった記憶に、少し悲しくなった。少し泣きそうになったのを悟られたくなくて、私は俯《うつむ》く。

「無理です」

「……」

「眠れないんですよ……」

ああ、最悪だ。契約相手にこんなこと言うなんて、呆《あき》れられてしまう。こんな言葉、社会人失格だろう。

「ちょっと待ってろ」

公爵様は、私を椅子に座らせて、キッチンで作業を始めた。彼の後ろ姿をぼんやりと見つめる。

しばらくして渡されたのは、ホットミルクだった。

「寝るために酒に頼るのは良くない。依存になる。眠りたい時は、温かいものを飲め」

「温かいビールは？」

「あほか」

公爵様が強めの言葉を使うなんて、珍しい。でも、声色がすごく優しいから、責められている感じはしなかった。

いただきますと言って、私はホットミルクに口をつけた。

甘くて、温かい。

少しずつ飲んでいくうちに、じんわりと体が温まっていくのを感じた。

「眠れそうか？」

「……」

正直、胸の奥に張り付いた嫌な記憶は消えていない。けれど、それを言って、これ以上困らすことは出来ない。

「えっと、」

「そういえば、明日は仕事が休みの日だったな」

私が言いよどんでいると、公爵様は話題を変えた。

「一緒にどこかに行かないか」

「え？」

「今日の埋め合わせもしたいし、酒の飲み放題が出来る店があるそうだ」

「飲み放題⁉　行きたいです！」

私が勢いよく顔を上げると、公爵様がポンポンと私の頭を撫《な》でた。

「元気になったな」

「あ……」

「君には、酒の話題が一番だな」

「そんな、酒のことしか考えてないみたいに」

「え？　違うのか？」

「ひどい！」

私が抗議すると、彼はクスクスと笑った。

「冗談だよ。とにかく、明日出かけたいなら、早く寝ることだ。いいな？」

「……はい」

小さい子に言い聞かせるような言い方に、私は素直に頷《うなず》く。彼の言葉に、行動に、甘やかされているのを感じた。

「おやすみ」

「おやすみなさい」

部屋の前まで送ってくれた彼と別れて、私はベッドの上にダイブした。

ゴロゴロとベッドの上を転がる。明日は公爵様とお酒を飲みに行くんだから、早く眠らなければいけない。

公爵様のおかげで、もう大司教のことなんて忘れたし、少しも思い出さない。なのに……。

なのに、眠れない。

公爵様の優しい声と笑顔を思い出して、私は枕に顔を埋《うず》めた。

二章　決着と祝杯

教会のことを思い出して眠れなくなっていたら、公爵様が温かいミルクを入れてくれた。

その後は、思っていたより早く眠りについてしまった。リーリエが起こしに来るまでぐっすりで、起きた時の気分は爽快《そうかい》。昨日の嫌な気持ちはすっかり晴れていた。

嫌な過去なんて、さっさと忘れてしまおうと思う。今は公爵家で楽しく働いているし、この仕事にはやりがいもある。

何より、今日は公爵様と飲み放題の店に行くのだから。


朝食を終えて、公爵様と出かける時間になるまで暇をつぶしていると、私の部屋にリーリエがやって来た。

「ジゼル様、聞きましたよ！　今日は公爵様とお出かけなんですね」

「うん。そうだよ」

「それじゃあ、いつもよりお洒落《しゃれ》な服を着ましょう！　リーリエの腕が鳴ります！」

「え？　なんで？」

私が首を傾《かし》げると、リーリエはニヤリと笑った。

「だって、これってデートじゃないですか！」

リーリエがキャッキャと喜ぶ。が、私は「デート」と言われて、首を傾げた。

だって、今日は一緒に飲みに行くだけなのだ。

ちょっと仲のいい上司と親睦《しんぼく》を深めるために飲みに行くことなんて珍しくないだろうし、いつもの晩酌の延長のようなものだろう。

公爵様にも「そういうつもり」はないだろうしね。

そのことをリーリエに伝えると、彼女は目をぱちくりと瞬かせた。

「そうなんですか？」

「うん」

「そうなんですかぁ」

彼女はしょんぼりと肩を落としてしまった。

「お二人が仲良くしてくれると嬉《うれ》しいんですけどねぇ」

「そうなの？」

聞き返すと、彼女はとてもいい笑顔で頷いた。

「はい！　お二人の仲が良ければ、週に一回は晩酌のために、ジゼル様が〝おつまみ〟を作りますよね？　そしたら、私は永遠にそのおこぼれをもらえますから！」

「食べ物が目当てなんだね」

「そうです！」

彼女は串《くし》カツを食べてから、すっかり私のおつまみが好きになってしまったらしい。公爵様と晩酌する前になると、いつもキッチンにやって来ては、味見という名の「つまみ食い」をするようになっていた。

私が苦笑していると、彼女は続けて口を開いた。

「あ、でもジゼル様の作るご飯と同じくらい、ジゼル様も好きですよーっ」

彼女は、にぱーっと笑う。その姿には犬の耳と尻尾《しっぽ》がついているように見える気がする。というか、見えた。私は気づいたら、彼女の頭を撫でていた。

「今度はリーリエの好きなものを作ってあげるね……！」

「やった～！」

リーリエのために美味《おい》しい料理を作ろうと決意をしていると、ドアがノックされ、レンドール君が姿を現した。

「ジゼル様、公爵様の準備が出来たようですよ」

「あ、レンドール君。ちょっと待っててね」

「公爵様が待ってるので、早くして下さい」

「じゃあ、私は仕事に戻りますね！」

レンドール君と入れ替わるようにして、リーリエが部屋から出て行く。去っていくリーリエの姿を見送りつつ、私は出かけるための準備を始めた。

準備とはいっても、着替えはもう既に終わっているので、後はほとんど持ち物を確認するだけだった。

「お待たせしました。もう行きますね」

私が立ち上がって部屋を出ると、レンドール君はその後ろを無言でついて来る。どうやら、公爵様のもとまで送ってくれるみたいだ。

「……」

「……」

彼からの視線が痛い。もはや怨念《おんねん》のようなものすら感じる。

刺すような彼の視線に耐えきれず、後ろを振り向くと、すぐに彼と目が合った。

果たして、彼はものすごく不満そうな顔をしていた。

「ど、どうしたの？」

「今日は公爵様とお出かけをなさるそうですね」

「うん。……えっと、今日はお酒のお店に行くから、連れていくことは出来ないんだ。ごめんね？」

「全っ然、羨《うらや》ましいなんて思ってないですから！」

絶対、羨ましいと思ってるよね。顔に出てる。

こうして見てみると、やっぱり彼は年相応なのだなぁと実感する。

公爵様が大好きで拗《す》ねてるだけなんだと分かると、彼の態度も可愛《かわい》らしく見えてくるものだ。

「なぜ、にこにこしてるんですか？」

「公爵邸にいる人たちは、みんな可愛いなって思っただけだよ」

「はあ？　なんなんですか？」

思わず、毛を逆立てて必死に威嚇している猫を連想してしまった。というか、猫の耳と尻尾が実際に見えた気すらしてくる。

本当は頭を撫でたかったけれど、彼は嫌がりそうだったので、私は必死に我慢した。


屋敷の外に出ると、門の前に待機している馬車の側《そば》で、公爵様が待っていた。待機している馬車は、いつもより少し簡素な作りをしていて、貴族が乗る馬車というより商人が乗る馬車という表現の方がぴったり当てはまりそうだ。

公爵様自身も、貴族の服装っていうよりは、どちらかと言うと庶民寄りのラフな格好をしていた。今日はお忍びで行くつもりらしい。

私たちが近づいていくと、こちらに気づいた公爵様が軽く手を上げた。

「公爵様、ジゼル様を連れてきました」

「ああ、悪いな。それじゃあ行ってくるから、不在の間の屋敷を頼む」

「承知しました。いってらっしゃいませ」

レンドール君は恭しく礼をする。従者らしい慇懃《いんぎん》な態度だが、表情からは「公爵様から頼られて嬉しい」という感情が見え隠れしている。

「ジゼル様～！」

馬車に乗り込もうとすると、後ろから私を呼ぶ声がした。振り返ると、屋敷の窓から身を乗り出したリーリエがこちらに向かって手を振っていた。

「ジゼル様～、公爵様～！　いってらっしゃーい！」

「リーリエ、仕事に集中しろ」

「はーい。公爵様は久しぶりの休日を楽しんで下さいねーっ」

公爵様は呆《あき》れながらも、手を振っていた。


数刻ほど馬車に揺られて、目的地へと向かった。公爵様が連れてきてくれたお店は、外観が可愛らしい庶民的な店だった。店内はこぢんまりとしていて、客は数人程度。落ち着いて飲むことが出来そうだ。

「意外です。公爵様は、もっと高級なお店の方が好きだと思っていました」

「ここなら、色んな種類の酒が味わえると聞いて、興味が湧いたんだ。もしかして高級店の方がよかったか？」

「いえ、庶民的な方が嬉しいです」

何せ、元社畜の元庶民。

前世で取引先の社長に回らない寿司屋に連れていかれた時は、緊張でお寿司をろくに味わうことが出来なかったくらいだ。

「このお店のことは、どこで知ったんですか？」

「……前に、俺には幼なじみがいるということを話したのを覚えてるか？」

「はい、覚えてます」

公爵家に来たばかりの頃の晩酌の時、「公爵様は、誰かと一緒に飲んだりしないんですか？」と聞いた私に公爵様は答えたのだ。「やたらと女遊びを教えようとしてくる幼なじみがいる」と。

女遊びという言葉が公爵様から出てきたことが珍しくて、何となく覚えていたのだ。

「その幼なじみに、気楽に酒が飲める店がないか聞いたんだ。その時に教えてもらった数軒のうちの一つがここだった」

「そうだったんですね」

曰《いわ》く、どんな雰囲気にしたいかによって店は変えた方がいいと、数十軒の店を紹介されたらしい。店を紹介するプレゼンテーションは数時間にも及び、最後の方の内容はあまり覚えてないそうだ。

それでも、最後まで聞いてあげるのが真面目《まじめ》な公爵様らしいなと思った。

私たちは席について、さっそく注文を始めた。私は「飲み放題プラン」と書かれたメニューを指さして、店員さんに尋ねた。

「この『飲み放題プラン』では、何杯でも飲んで大丈夫なんですか？」

「はい。このプランでは、お酒が何杯でも飲めるようになっています。より多くの種類のお酒を味わってもらうためのプランとなります」

「おお～」

飲み放題は、前世ぶりなので、わくわくする。

まずは、やっぱり王道のビールを頼んだ。公爵様と乾杯をして、さっそくキンキンに冷えたビールを体に流し込む。アルコールが体の中を駆け巡る。

「くぅっ……、生き返る……！」

私が呟《つぶや》くと、それを聞いた公爵様はクスクスと笑った。少し恥ずかしくなったので、おつまみでも食べて誤魔化そう。


選んだおつまみは、ローストビーフ。彩り豊かな野菜と数種類のソースが付いていて、どんなお酒にも合いそうだ。まずは何もつけない状態で、ローストビーフを口の中に放り込んだ。

「おいし～～っ」

柔らかい肉の食感にとろけてしまいそう。

次はソースをつけて食べてみる。色合いと香り的に赤ワインのソースかな。果たしてその予想は的中しており、ソースのほのかな甘みと深い味わいを感じる。

「ソースをつけると、また違う味わいがありますねえ……」

「そうなんだな」

「公爵様は、何を頼んだんですか？」

「俺は、ミートパイだな。こっちも美味しいぞ」

「いいですね！　私も頼もうかな」

追加のおつまみを頼みつつ、次はフルーツサワーを飲み始めた。

ミックスフルーツ味が爽《さわ》やか且つまろやか。少し度数が低いみたいで、ほとんどジュースを飲んでいるみたいな感覚だ。

その後は、カシスオレンジも飲んだ。グラスを口元に近づけると、ふわっとオレンジの香りが鼻《び》腔《こう》をくすぐった。オレンジ丸ごと飲んでいるような瑞々《みずみず》しさと、お洒落《しゃれ》な甘さで満たされていく。

いい感じにほろ酔い気分になってきたところで、私はずっと気になっていたことを公爵様に聞いてみた。

「公爵様って、リーリエやレンドール君と仲がいいですよね。何か特別な理由があるんですか？」

公爵邸で働いている人たちは、公爵様を怖がってはいないのだが、やはり雇い主である公爵様に対して一歩引いた態度を貫いている。その点、リーリエとレンドール君だけは公爵様と気軽に話している印象があるのだ。

「特別な理由はない。レンドールは俺に恩義を感じて懐いてくれたし、リーリエも幼い頃から知っている仲だから、気安く話しているだけだ」

「そうなんですね」

「俺にとって二人は、妹と弟みたいなものだな」

「家族みたいな関係って素敵ですね。リーリエとレンドール君って可愛いから、公爵様がそう感じるのも頷《うなず》けます」

「可愛い、か？」

「はい」

公爵様が首を傾《かし》げる。どうしてそう思ったのか、今朝の会話をかいつまんで説明する。そして、リーリエとレンドール君の二人に犬と猫のような可愛さを感じてしまったことを話すと、公爵様は噴き出した。

「言い得て妙だな。確かに、リーリエは犬っぽいし、レンドールは猫っぽい」

公爵様は肩を震わせて笑っている。どうやらツボに入ってしまったらしい。最近は笑顔を見せることが増えてきた公爵様だけど、こんなに笑っていることは珍しくて、思わず見入ってしまう。

なんで領民の人たちは、公爵様を「冷徹」だなんて怖がっているんだろうね。話してみると優しいし、こんなに楽しそうに笑うことも出来る人なのにね。


しばらくクスクスと笑っていた公爵様だったが、やがて笑顔を消して真剣な表情になった。

「レンドールのことなんだが、昨日、彼が君に公爵家で働くことになった経緯を話したそうだな」

そう話を振られて、戸惑いながら頷く。もしかして聞いちゃダメなことだったのだろうか。不安に思うが、どうやら違うらしい。

公爵様はひたすら心配そうに、私を見つめていた。

「何か嫌な思いなどはしていないか？」

「え？」

「教会での話を聞いて、不快に思ったり嫌なことを思い出したりしなかったか？　もしそうなら、他の奴《やつ》にも俺の方で注意しておくんだが……」

昨日、私が夜中に眠れなくなっていたから、公爵様は心配してくれているのだろう。けれど、公爵様がホットミルクを入れて励ましてくれたから、私の不安はすっかり消えていたのだ。

「いいえ、全然大丈夫ですよ。教会でのことは、吹っ切れています。昨日は、ただ少し昔のことを思い出しただけで、全然……」

そこで、上手《うま》く言葉が紡げなくなってしまった。私の不安はすっかり消えたはずだ。だから、大丈夫だって伝えようとしているのに、口が上手く動かない。

「ジゼル、つらいなら無理に話そうとしなくていい」

「……」

「つらいことを、無理に飲み込もうとするな」

公爵様が目尻《めじり》を下げて微笑《ほほえ》む。

その表情にぎゅっと胸の奥が締め付けられるような感覚を覚えた。

この人は、気づいてくれる人なんだな。私のつらさや苦しさに気づいて、私と同じくらい、もしかしたら、私以上にその気持ちを大切にしてくれる人なんだ。

それなら、私も同じくらい公爵様が苦しんでいる時に、そのことに気づいて、寄り添いたい。

「……ん？」

そこで、はたと気づいた。

公爵様の前にたくさんのグラスが置かれていることに。公爵様にしては、飲みすぎているということに。

そして、酔っ払った公爵様は残念な醜態を晒《さら》すということに！

私は慌てて公爵様に言った。

「公爵様、飲みすぎではないですか？」

「ん、そうか？」

「そうですよ。前に失敗してから、飲む量には気をつけているんでしたよね？」

「ああ。二度とあんな失敗は繰り返さない」

疑いの目を向ける私に、公爵様は軽く笑って首を横に振った。

「大丈夫だ。公爵当主が外で醜態を晒すわけにはいかないし、飲む量は調整している」

「そうですか？」

「ああ。俺は、絶対に酔わない」

「それ、フラグって言うんですよ」


一時間後。

「公爵様ー？　酔ってますか？」

「酔ってらい」

「酔ってますね」

公爵様、見事にフラグ回収。目の前にいる彼の目元はとろんとしており、涙目になっている。顔も赤くなっていて、酔っ払っているのは一目瞭然《いちもくりようぜん》。

一体、さっきのかっこいい公爵様はどこにいってしまったのだろうか……。

「瘴気《しようき》の原因もまだ見つからないし、領民からは怖がられているし」

「瘴気の原因は、私も探しますから。あと、公爵様は誤解されているだけですよ。素敵な人です」

「ほんとうか？」

「本当本当」

公爵様は、酔うと弱気になるタイプなのかな。いや。もしかしたら、本音を喋《しやべ》ってしまうタイプなのかもしれない。

本音を話してくれるのは嬉《うれ》しいし、酔った公爵様は可愛《かわい》いんだけど、飲む量を調整出来なければ危ないので、もう少し気をつけてほしいなって思う。

「大丈夫ですか？　気持ち悪くはなっていませんか」

「なっていない。まだ全然飲めそうだ」

「寝言言ってないで、さっさと水を飲んでください」

店員さんが持ってきてくれたお水を、公爵様の目の前に置く。水を飲んだら、少しだけ酔いも落ち着いてきたようだった。

「まったく。こうなるって分かっているのに、なんでお酒をセーブ出来ないんですか」

「すまない」

彼は片肘《かたひじ》をついて、私を見上げる。涙目だからなのか、いつもより幼い印象だ。

「君と飲む酒が美味《おい》しすぎて、ペースを間違えたみたいだ……」

「……」

やっぱり彼は本音を話してしまうタイプなのだろうか。だとしたら、公爵様の言葉は嬉しい半面、恥ずかしくてむず痒《がゆ》い。

これでお酒飲んでいる間の記憶を何も失わないんだから、余計にタチが悪いと思う。


私が恥ずかしさで顔を赤くしていると、隣のテーブルからクスクスと笑い声が聞こえてきた。

声の主を見ると、そこには一人で飲んでいる女性の姿があった。

「すみません。少し、話し声が聞こえてしまって。旦那《だんな》さんと仲がよろしいんですね」

「いえ、旦那というか」

契約相手というか、なんというか。

私が言いよどんでいると、目の前の彼女はぺこりと頭を下げた。

「最近は暗い話題ばかりなので、少しだけ癒やされました。勝手にすみません」

「いえ、大丈夫です」

あの会話を聞かれていたのかと、少しだけ恥ずかしい。好意的に受け止めてくれていることだけが救いだ。

「それより、暗い話題というのは？」

「主に瘴気のことですかね。せっかく聖女様が瘴気を祓《はら》ってくれても、すぐに復活してしまうし」

「あはは……」

やっぱり、瘴気のことはみんな気になるよね。彼女は、私たちの正体に気づいていないらしく、瘴気について語ってくれた。

その中で、気になった情報が一つだけあった。

「この土地に新しい工場が出来てから、瘴気も増えてしまったんですよね」

「工場が出来てから？　それは本当ですか？」

「はい。確かそうだったと思います。あ、でも、それが直接の原因とは限らないので！」

「はい。分かってます」

今までは、瘴気の原因を疫病と魔物の死体に絞って調べていたけれど……。

これ、もしかしたら大切な情報かもしれない。


瘴気の原因が「新しく出来た工場」という説が浮上し、次の日から改めて調べ始めた。

すると、ここ数年で完成した工場の操業開始時期と瘴気の発生時期が一致することが分かった。

また、瘴気の復活が早い地域には、多くの工場が建設されていることも。

なぜ工場が瘴気の原因となっているかについては、追加で調べていく必要があるだろう。

ここで、一つの問題にぶつかった。

「教会所有の工場？」

「そうだ。瘴気の発生時期と完成が一致していた工場のほとんどは、教会所有のものだった」

公爵様から説明を受けた時、ドキリとした。

教会所有ということは、その工場で教会孤児たちが働かされているという可能性が高いのだ。

「じゃあ、教会が所有している工場を調べていけば、いいんですね」

「それがそうもいかないんだ。教会と貴族の権利は、まったく別のものになっている。いくら公爵家といえども、無理に調査することは出来ない」

「なるほど……」

教会にだって面子《メンツ》がある。瘴気を浄化する側であるはずの教会にその原因があったとしたら、領民からの非難は免れないだろう。私たちが「瘴気の原因が教会のせいかもしれないので、調べさせて下さい！」と頼んでも、簡単に応じてくれるとは限らないのだ。

「調査については、王家に許可を出してもらおうと思う」

「王家にですか？」

「ああ。王家からの命令ならば、教会も断れないだろう。だが、王家から協力を得るには時間もかかるだろうし、骨が折れそうだ……」

協力要請をしている間に、また瘴気が広がってしまうことは想像に難くない。

「では、これ以上瘴気を広めさせないために、工場の周りに結界を張っていきましょう」

結界の外に瘴気が漏れ出ることはない。それに、結界の中に溜《た》まってしまった瘴気は、私が定期的に浄化すれば大丈夫だ。

「しかし、それも教会は拒否するかもしれない」

「それなら、領地全ての工場に結界を張っていきましょう。領地内の工場に結界を張ることを伝えれば、教会だけに責任の追及をしているとは思わないはずです」

調査のことは、結界を張りながら探っていけばいいと思う。

もしかしたら、結界を張っている最中に、そこで働いている人から話を聞けるかもしれないし。

「領地中全ての工場となると君の負担が大きくないか？」

「スケジュールを組んで調整を行えば、大丈夫ですよ」

確かに、領地内にある数百の工場全てに結界を張っていくのは骨が折れる作業だ。

しかし、元社畜のポテンシャルを侮るなかれ。この仕事を完遂してみせようではないか。

私はにっと笑って、ビールを飲む仕草をした。

「その代わり、仕事終わりにはとびきり美味しいお酒を飲みましょう」

私の言葉に、公爵様は小さく笑った。

「ああ。分かった」

ということで、その日から、私は結界を張る作業に忙殺されることとなった。領地内の工場となると、かなりの数である。それに、瘴気の浄化も引き続きしなければならない。

公爵様と相談して、日程調整をしながら効率よく結界を張っていった。


忙しくてめげそうな時は、晩酌のことを考えて踏ん張った。餃子《ぎょうざ》や焼き鳥、おでんにお刺身……食べたいおつまみは、まだまだたくさんあるからね！


そして、数週間が経過した。

「ジゼル様ー！　お疲れ様ですっ」

「リーリエ、ありがとう！」

全ての工場に結界を張り終えて帰ってきた私を、リーリエが熱烈なハグと共に出迎えてくれた。

私は、無事に全ての工場に結界を張り終えることが出来た。これで、しばらくは領地で発生する瘴気の心配もなくなるだろう。

リーリエを受け止めて頭を撫《な》でると、彼女は嬉しそうに笑った。

「ジゼル様、今日は晩酌の日なんですよね？」

「うん。そうだよ」

今日は「お疲れ様の晩酌」を公爵様とすることになっている。私は今日の晩酌で食べる予定のおつまみを考えて、口角を上げた。久しぶりの晩酌だから、とっておきのおつまみを作ろうと思っているのだ。

「今日は何を作る予定なんですか？」

「今日はね～、美味しいおつまみを作る予定なんだ」

「それは、ずばり、なんですか⁉」

今日のおつまみは、前世でも定番・大人気だったメニュー。大人から子供まで大好きな……

「〝唐揚げ〟だよ！」


ジュワジュワと油のはじける音がする。

「なんですか、それは？」

鶏肉《とりにく》を油で揚げていると、ちょうど通りかかったレンドール君がキッチンに顔を覗《のぞ》かせた。どうやら、唐揚げの香ばしいにおいに釣られてしまったようだ。

ちなみに、リーリエは既に唐揚げを試食済み。あまりの美味しさに魂が抜けて、キッチンの椅子に座ったまま呆然《ぼうぜん》としていた。

「唐揚げだよ。レンドール君も味見してみる？」

「……いただきます」

少し葛藤《かっとう》するそぶりを見せた彼だったが、私が唐揚げを載せたお皿を差し出すと、すぐに食べ始めた。やっぱり、唐揚げの魅力には抗《あらが》えないみたいだ。

彼が唐揚げを口にすると、サクッと軽快な音が響いた。

「っ、熱いですね」

「出来たてだから、気をつけて」

彼がこくりと頷《うなず》き、再び唐揚げに口をつける。サクッサクッと唐揚げが食されていく。

「どうかな？」

「味は、まあまあですね」

「そのわりに、手が止まらないね」

「……」

口では「まあまあ」と言いつつも、彼は追加でどんどん唐揚げを取って食べ続けていた。そのため、たくさん作っていた唐揚げが勢いよくなくなっている。

私に指摘されると、彼は顔を少し赤くして、ぷいとそっぽを向いてしまった。

「やっぱり美味しくなかった？」

「……まあまあです」

「じゃあ、もう唐揚げはいらない？」

「それはいります」

若干食い気味に彼は答えた。

これは、かなり唐揚げを気に入ってくれたみたい。嬉しくて、にこにこと笑みを抑えきれない。

「美味しいよね～、からあげ」

「だから、まあまあですって」

魂が帰還したリーリエがレンドール君に話しかけるも、彼はなかなか素直にならない。その様子を見守りつつ、私は大量に作った唐揚げをお皿に載せる。そして、それを二人に手渡した。

「多めに作ってあるから、使用人のみんなで食べてね」

「わーい！　みんな喜びますよ。ありがとうございます！」

「分かりました。……ありがとうございます」

二人は対照的な反応を見せつつ、唐揚げを持って帰ってくれた。


私は追加で唐揚げを揚げて、完成したものを持って、晩酌をする部屋の扉を開けた。

「お疲れ様です～」

部屋に入ると、既に公爵様が座って待っていた。しばらく忙しかったため、公爵様と晩酌するのは久しぶりだった。

「お疲れ。よく頑張ったな」

「はい。今日は飲みまくりますよ」

「ほどほどにな」

「公爵様こそ」

二人で冗談を言って、笑い合う。こういう穏やかな時間は久しぶりのため、やっぱり嬉《うれ》しい。

……いや、公爵様には本当に飲みすぎないでほしいんだけど。

「こうして、ゆっくり話すのは久しぶりだな」

「そうですね。ここ最近は、ずっと業務連絡ばかりでしたもんね」

ここ数週間は、私も公爵様もそれぞれの仕事に忙殺されていた。私は結界を張る作業と、瘴気《しょうき》の浄化。公爵様は、王家への状況説明と、調査の協力要請に努めていたのだ。

それ故に、晩酌する時間はもちろんのこと、いつものような雑談をする余裕もなかった。


しかし、懸命に働きかけたおかげで、領地内には瘴気が広がらなくなり、王家からも教会の工場を調査する許可証をもらうことが出来た。

王家の王印が押されている許可証は、教会に対しても強制力を持っているらしく、これで正式に調査を進めることが出来るらしい。

ようやく、全てが解決しそうで安心している。

「ところで、今日のつまみはなんだ？」

「鶏肉に衣をつけて揚げた、唐揚げですね」

「からあげ……」

公爵様は、ごくりと喉《のど》を鳴らした。

部屋の中には、既に唐揚げの香ばしいにおいが充満し始めている。

「それじゃあ、早く食べよう」

「公爵様、ワクワクが隠しきれてないですよ」

と言いつつも、私も早く食べたい。乾杯もそこそこに、さっそく唐揚げにパクついた。


サクッ。


その瞬間、ジュワッと肉汁が溢《あふ》れてくる。

衣はサクサクで、鶏肉はぷりっとしている。肉汁がジューシーで、冷えたビールとよく合う。

「ん〜っ」

目の前を見ると、公爵様もあまりの美味《おい》しさに悶絶《もんぜつ》していた。

「何だこれ。初めて食べるが、美味《うま》いな」

「リーリエの魂を抜けさせ、レンドール君に〝まあまあ〟と言わしめた食べ物ですからね」

「レンドールが？　それは、すごいな」

公爵様の中でも、レンドール君は「素直じゃない」という認識らしい。

「ジゼル、何か追加の調味料を隠してるだろう？」

「よくお気づきですね」

私は今まで多くのおつまみで、「味変」をするために、様々な調味料を後出ししてきた。串《くし》カツ、フライドポテト、ハンバーグなどなど。

もちろん、唐揚げはそのままでも美味しいし、味変させる必要なんてないかもしれない。けれど、せっかく唐揚げを食べるのだから、より美味しく食べたいよね。

ということで。私は唐揚げに合う、最高の調味料をテーブルの上に置いた。

「これは？」

「〝マヨネーズ〟というものです」

様々な食べ物に、濃厚な美味しさを付け足すことの出来るマヨネーズ。今回は、このマヨネーズで唐揚げを食べたいと思う。

唐揚げにマヨネーズなんて太りそうだけど、美味しいものを美味しく頂きたいなら、カロリーなんて気にしないのが大事だと思う。

高カロリー高リターン（美味しさと体重）だからね！

……うん。明日はちょっと運動しよう。

そう決意しつつ、さっそく唐揚げにマヨネーズをつけて、パクついた。

まろやかな口当たりとジューシーな肉の旨味《うまみ》に、口の中が幸福感に包まれる。

「おいし～っ！　しあわせですね、公爵様！」

「そうだな。これはレンドールが好きそうな味だ」

「そうなんですか？　じゃあ、今度はマヨネーズも一緒に渡さないとですね」

また、公爵家での楽しみが増えた。こうして、ずっと晩酌が出来たらいいのに。

その日の晩酌を終えて、自室に戻る途中。いつもお世話になっているコックさんに呼び止められた。

「ジゼル様。からあげ、とても美味しかったです。ありがとうございました」

「いえいえ。こちらこそ、いつもキッチンを使わせてもらってありがとうございます」

「ジゼル様の作るものは勉強にもなりますし、いつも作ったものを分けてもらってますから」

彼はこれからも使って下さい、と微笑《ほほえ》む。彼は、キッチンを快く貸してくれて、私の料理を手伝ってくれていることも多い。しみじみといい人だと感じる。

「ところで、ジゼル様に少し確認したいことがあるのですが……」

「はい。何ですか？」

「えっと」

彼は顔をこわばらせて、後ろを気にしている。もしかしたら、誰にも聞かれたくないことなのかもしれない。

「場所を変えますか？」

「そうしましょう！　ついて来て下さい」

私が提案をすると、彼はホッと顔を綻《ほころ》ばせた。足早に歩く彼の後ろについて行く。しばらく一緒に歩いていくと、やがて玄関にたどり着いてしまった。

「あの、外に出るんですか？」

「はい。こっちじゃないと話せないことなので」

少し違和感を覚えつつも、「いつもお世話になっているのだから」と自分を納得させる。しかし、どんどん公爵邸から離れていくことに不安を感じ始めた。

「あの、ここでは駄目ですか？」

「ええ、もう少し先です」

彼は振り返らずに淡々と告げる。その抑揚のない声色にゾッとして、私は立ち止まった。

「あの、やっぱり別の日にしてもらっても……」

これ以上彼について行ってはダメだと思い、私は踵《きびす》を返そうとしたのだが。

「駄目じゃないか、ジゼル。ここまで連れてきてくれたのに」

その声に、心臓が嫌な音を立てた。詰《なじ》られ殴られた、過去の記憶が甦《よみがえ》り、心臓がドクドクと早鐘を打ち始める。

「久しぶりだね。ずっと君に会いたかったんだよ」

「大司教様……」

振り返るとそこには、大司教がいた。

穏やかな顔をしているが、彼こそ教会孤児を強制的に働かせている張本人だ。そして、公爵家から莫大《ばくだい》な金を巻き上げて、私を売り払った人でもある。

彼は最後に会った時と変わらない顔で、にこやかに話しかけてくる。

「公爵家に行ってから、かなり時間が経《た》ったけれど、元気にしてたかな？」

私はいつでも逃げることが出来るように警戒しながら、言葉を返す。

「私は、あなたと話に来たわけではないのですが」

「僕が君と話したかったんだよ。だから、公爵家の料理人に頼んで、君を連れてきてもらったんだ」

どうやら、まんまと騙《だま》されてしまったようだ。私を連れてきた人は、既に姿を消しており、もう近くにはいないようだ。

そういえば、以前に公爵様が「公爵家の中に裏切り者がいる」と言っていた。あの時は他人事《ひとごと》のように考えていたけれど、まさかいつもキッチンを貸してくれていたコックさんが教会側の人間だったなんて思いもしなかった。

「もっと早くに気づけたら」と後悔しても、もう遅い。とにかく今は、無事に公爵邸に戻らなければならない。

しかし、大司教が張った結界によって閉じ込められており、私は大司教から離れることが出来ない。大司教も、私を簡単には逃がすつもりはないようだ。

「早く帰して下さい」

「反抗的な君を見ていると、悲しいよ。君は大人しくて優しい子だったのに、変わってしまったね」

「優しい子をこんな風に変えてしまうなんて、よほど公爵家でつらい目に遭ったんだね」

「違います」

話が通じなくて、イライラしてきた。

もしも私が変わったのだとしたら、それは前世を思い出したからだ。前世を思い出して、教会の言いなりにならなくなっただけ。公爵家は関係ない。

「でも、大丈夫だよ。君が変わってしまっても、教会は君の味方だからね」

「何が味方ですか。今まで散々いいように使ってきたくせに」

私が睨《にら》みつけると、話にならないとでも言うように大司教は肩をすくめた。

「まあ、いい。今日は君に恩を返してもらうために、来てもらったんだ」

「恩？」

「そうだよ。教会が君を育てた恩を忘れてはいけない。たとえ君が忘れようとも、神は全て見ているから」

「あなたの悪事も？」

今まで、教会所有の工場に結界を張っていく中で、改めて劣悪な環境を目の当たりにした。本格的に調査が始まれば、その労働環境も問題視されるだろう。

教会は頑なに調査を拒否しているが、王家からの許可証が与えられた今、そんなものは無駄な足《あ》掻《が》きとしか言いようがない。

教会をまとめる立場にいる大司教でも、王家の追及からは逃れることが出来ないのだから。

しかし、そんな危機的な状況のはずなのに、大司教は余裕の笑みを浮かべていた。

「さて。公爵家は、瘴気の原因が教会所有の工場だと疑っているみたいだね」

「……」

「教会は無実なのに、内部を調べられるなんて嫌だろう？　王家から与えられた許可証を盗んで教会側に渡してほしいんだ」

「盗むなんて出来ません」

私にこれ以上ない生活を保証してくれている公爵様を、優しい彼を、裏切ることなんて出来ない。それに、王家の許可証は厳重に保管されているはずだ。私に盗むことは不可能だろう。

「ああ。君が出来ないと言うのなら、教会にいる孤児たちがどうなってもいいということだね」

「は？」

「せっかくだから、君の昔の仲間から消していこうか。身寄りのない子たちだから、誰も文句は言わないしね」

「そんなこと……」

大司教なら、やりかねないと思ってしまった。そして、それを実行してしまうことを恐ろしく思った。

私の心中を察したのだろうか。大司教は笑って、私に粉状のものを渡した。

「これは自白剤だ。ある程度親しくないと効果がないものだけど……君たちはいつも晩酌をしていて仲がいいみたいだから、安心だね。これで、王家の許可証の在処《ありか》を聞くんだよ」

「……そんな」

「ああ、公爵に助けを求めては駄目だよ。君が不審な動きをしたら、すぐに私のもとに報告がくるようになっているからね」

私をここに連れてきた人のように、スパイは他にもいるのかもしれない。そう考えると、下手《へた》に公爵様に相談なんて出来ないだろう。

足が震えて、絶望が広がっていく。

「やるかどうかは、君次第。自由だからね」

大司教は、私を閉じ込めていた結界を解いて去っていった。一人取り残された私は、その場に崩れ落ちる。

「何が、自由だっていうの……」

公爵様を裏切りたくない。けれど、それ以上に教会の子供たちを見殺しにすることなんて出来ない。私はどうすればいいのだろうか。


ふらふらとした足取りで公爵邸に戻ると、玄関先でレンドール君と出会った。

「ジゼル様、どうしたんですか？」

「レンドール君」

彼は心配そうに私の顔を見ている。

「顔が青ざめています。侍女を呼んできますね」

「何でもないから、大丈夫だよ」

「ですが……」

立ち往生していると、たまたまそこに公爵様が通りかかった。

「二人とも、どうしたんだ？」

「公爵様……」

彼の顔を見て、ずきりと胸が痛んだ。

「ジゼル様の体調が悪いようです。ここはお任せしますので、侍女を呼んできます」

「ああ、分かった」

レンドール君を見送ると、公爵様は私の顔を覗《のぞ》き込んできた。

「ジゼル、大丈夫か？」

「はい……」

「レンドールの言う通り、顔色が悪い。気分でも悪いのか？」

黙って首を横に振る。公爵様の優しさが、今はつらい。

彼に全てを話してしまいたいけれど、どこで教会の人間が見ているか分からない。そして、今日のことを話したら、教会にいる子たちが……。

「飲みすぎたのか？」

「いえ、そんなことはありませんよ。それよりも、来週も晩酌しましょうね」

私は無理やり笑顔を作って、来週の約束を取り付けた。


あれから、一週間が経過した。

「今日もお疲れ様です」

「お疲れ様」

グラスをぶつけて、お互いの一週間を労《ねぎら》い合う。

結界は張り終えたが、聖女としての仕事がなくなったわけではない。結界の中に溜《た》まった瘴気《しょうき》を浄化しなければならなかったのだ。

「今週は元気がなかったようだが、晩酌をして本当に大丈夫なのか？」

「はい。仕事も一段落してますし、大丈夫ですよ」

公爵様に声をかけられて、私は笑顔を見せる。いぶかしげにしている公爵様の視線から逃れるように、私はお酒を口に含んだ。

いつも飲むお酒は美味《おい》しいのに、緊張しているからだろうか、今日は恐ろしいほどに味がしない。

「そういえば、王家からの協力も仰ぐことが出来たんですよね？」

「ああ。証拠がある程度固まっていないと、王家も動けない。最後は、これまでの調査報告を提出して、ごり押しした」

「そうですか」

もうすぐ全てが解決するはずなのだ。だからこそ、大司教も焦っていて、手段を選ばなくなってきているのだろう。

私たちが晩酌をしている部屋の外には、私を大司教のもとまで連れ出したコックが待機しており、情報を聞き出せるかどうかを見張っていた。

「というか、晩酌中に仕事の話をするなんて珍しいな」

「え？　あー……」

そういえば、最初に『晩酌中は仕事の話はしない』ということを決めたんだった。

「それもそうですね。どんどんお酒を飲みましょう」

「ああ。そうしよう」

公爵様にお酒を勧めて、一緒に飲む。しばらくすると、目の前の公爵様の目がトロンとしてきて
いることに気づいた。顔は赤くなっていないが、そろそろ酔いが回ってきた頃なのかもしれない。

「公爵様」

「なんだ？」

何も疑っていないような表情で首を傾《かし》げる公爵様に、私は尋ねる。

「許可証はどこに仕舞っているんですか？」

「俺の執務室の……いや、待て。なんでそんなことを聞くんだ」

「今日は、仕事の話をしたい気分なんです。……執務室のどこにあるんですか？」

自らの口を押さえた公爵様の手を取って、もう一度「どこですか」と聞いた。

「執務室の隠し金庫の中、にある」

「隠し金庫の鍵《かぎ》はどこにあるんですか？」

「鍵……は、本棚の上から二段目に入っている本を、模した箱の中に」

「そうですか。ありがとうございます」

「待て、ジゼ、ル……」

公爵様は、そのまま寝てしまった。飲みすぎで眠気に襲われたということだろう。

その姿を見て、初めて晩酌した日のことを思い出す。その時も彼は飲みすぎて、寝てしまったのだ。寝落ちしてしまう直前、『領民を助けてほしい』と本音をこぼす彼に私は確かに約束したのだ。

『助けます。大丈夫ですよ』と。

私は公爵様の額にそっと触れた。

「公爵様、必ずいい結果にしますからね」

それだけ伝えて、私はその場を後にした。

王家からの許可証は、公爵様の言った通りの場所にあった。それを持って、あらかじめ指定されていた教会へと向かう。

教会の建物の中では、子供たちが収容されている部屋を見かけた。部屋の前には屈強な男が立っており、私だけの力で助け出すのは不可能そうだった。

他には人が一人もおらず、夜の教会はどこまでも静かだ。

大司教から指定された場所は、教会内にある礼拝堂だった。そこに続く重い扉を開くと、そこには既に大司教がいた。

「ジゼル、来てくれたんだね。君はやっぱり優しい子だ」

彼はすぐに許可証を受け取ろうと手を伸ばす。私は彼の手を払いのけて、口を開いた。

「あなたは、なぜこのようなことをするのですか？」

「何のことかな？」

「子供たちを強制的に働かせたり、人質に取ったりすることです」

教会に引き取られた孤児たちは、ろくに与えられない食事と強制的な長時間の労働に苦しんでいる。そして、それを主導しているのは、目の前にいる大司教なのだ。

しかし、彼はそのことを悪びれもせずに、肩をすくめた。

「確かに僕は、子供たちを働かせているね。でも、子供たちを教会の役に立たせてあげているだけなんだよ」

「……」

「僕が子供たちにやらせているのは、教会にとって大切な事業でね。それに関わらせてあげてるんだから、感謝してほしいくらいだよ」

「大切な事業って、なんですか？」

私がすかさず聞くと、大司教は手を広げて高らかに笑った。

「魔物を使った実験だよ！　魔法を使える獣の構造理論を知りたい人は多いんだ。お金になるからね」

「それは違法ですよ」

魔物を使った実験は、国法によって禁止されている。瘴気が発生する原因は疫病と魔物の死体である。そして、魔物を使った実験は瘴気を発生させることに繋《つな》がるからだ。

教会所有の工場で魔物を使った実験を行っていたならば、特定の領地内で瘴気が発生したことも納得出来る。

「確かに違法かもしれないけど、その分お金が稼げるんだよ」

「そのお金稼ぎのために、領地に住んでいる人たちは、瘴気の存在に困っていました」

「そうだね。でも、僕たちにとっては必要なことだから仕方ないよね。あそこまで瘴気が広がっちゃうのは予想外だったけど……」

大司教はにっこりと笑った。

「公爵家当主がこのことに勘付いた時のために、公爵家にスパイを送り込んで邪魔されないようにしていたから安心だったよ」

「もしかして、私を公爵家に売ったのも、そのためだったと言うのですか……？」

「そうだよ。公爵家に実験を邪魔されそうになったら、ジゼルに止めてもらおうと思っていたんだ」

「……」

「だって、君を送り出す時に言っただろう？　教会からの恩を忘れないようにって」

彼は、初めから、公爵家を裏切らせるために、私を送り込んでいたのだ。何も疑問に思わなかったことが悔しくて仕方ない。

大司教は、私に向かって手を差し出して、優しく微笑《ほほえ》んだ。

「許可証を渡してくれるね？　さあ、早く。子供たちの命は僕が握ってるんだから」

「……分かりました」

「ありがとう。君は最初から教会側の人間だったと、ようやく理解してくれたみたいだね」

大司教は受け取った許可証を確認して頷《うなず》く。そして、礼拝堂から出て行こうとした。きっと、この後すぐに彼は許可証を処分するつもりなんだろう。

けれど、それは無意味なことだ。


「大司教様。最後に一つ伝えたいことがあります」

「なんだね？」

大司教が扉に手をかけたところで、私は彼に話しかける。彼が面倒そうに振り返ったところで、私は真実を教えてあげた。

「その許可証、実は偽物なんですよ」

「は？」

大司教が驚きに目を見開いた瞬間、礼拝堂に武装した騎士団員が雪崩《なだ》れ込んできた。彼らはすぐに大司教を取り押さえる。

なす術《すべ》もなく床に組み伏せられた大司教は私を睨《にら》みつけて叫ぶ。

「ジゼル！　これは、どういうことだ！」

喚《わめ》き散《ち》らす大司教の前に、一人の男性が歩み寄る。他でもない、公爵様だった。

飲みすぎて眠ってしまったはずの公爵様の登場に、大司教は言葉を失う。

公爵様は大司教を冷たい視線で睨みつけて、言い放った。

「お前は、俺たちに嵌《は》められていたんだよ。大司教」

時は一週間前に遡《さかのぼ》る。

私は大司教に脅されたあと、公爵様と来週も晩酌することを約束した。そのまま部屋に戻ろうとしたのだが、公爵様は、私の手を掴《つか》んで引き留めてきた。彼はなかなか手を放そうとせず、私は部屋に戻ることが出来なくなってしまった。

「どうしたんですか、公爵様」

「今の君は様子がおかしい」

「……いつもと変わりませんよ」

「いいや。いつもと違う」

「具体的にどこが違うっていうんですか？」

早く公爵様から離れたくて、少し意地悪な聞き方をしてしまった。言いよどむだろうと思っていたのだが、彼は自信満々にキッパリと答えた。

「酒の話をしているのに、全然嬉《うれ》しそうじゃない」

「判断基準そこなんですか⁉」

公爵様の中の私のイメージって、一体どうなっているんだろうか。まさか酒好きの〝飲んだくれ〟とか思ってないよね。私はいつだって適量を適切に飲んでいるのに！

「ちょっと飲みすぎてしまっただけですよ。来週は気をつけるので、また晩酌して下さいね」

ちょっと釈然としない思いを抱えながらも、早口で告げる。そして、今度こそ、部屋に戻ろうと公爵様に背中を向けたのだが。

「ジゼル、俺は君の契約相手であると同時に、庇護《ひご》者でもある」

「……」

「困ったことがあれば、何でも話してほしい」

諭すような優しい声で、公爵様が語りかけてくる。

そうだよね。私一人で解決しようとしても、どうにもならない。それに、前世では仕事における「報連相」が大事だって覚えたはずなのに。

大司教と話したことで、冷静な判断が出来ていなかったみたいだ。

でも、玄関先では誰が聞いているか分からないから、ここで相談することは出来ない。

「話したくありません」

「分かった。話す気になったら、いつでも言ってくれ」

「大丈夫ですよ。それより、次の晩酌で使う用に買っていただきたいものがあるんですけど」

「なんだ?」

「少し多いので、メモにして渡しますね」

そう言って、私はペンと紙を取り出して、「助けて欲しいです。他の人が寝静まった頃に、話に行きます」と書いた。メモを見た公爵様は、一瞬だけ驚いた顔をしたが、すぐにいつも通りの表情に戻った。

「分かった」

「よろしくお願いします」

という会話をして、その場では公爵様と別れた。

そして、誰もいないことを確認してから公爵様の部屋を訪ねた私は、大司教から脅されたこと、人質に取られている孤児たちのことなどを全て話した。

事情を話し終えると、私の話を黙って聞いていた公爵様は、「なるほどな」と呟《つぶや》いた。

「孤児たちが人質に取られている以上、強制的に調査することも、大司教の主張を無視するわけにもいかないよな」

「そうなんですよね」

「何か決定的な証拠でもあればいいんだが……」

二人で頭を悩ます。

「あの、少し考えてみたんですけど。私が囮《おとり》になって大司教を釣るのはどうでしょうか？」

「は？」

「偽の許可証を餌に、彼の悪事を洗いざらい話させれば、それを証拠に大司教を捕まえることが出来るんじゃないでしょうか」

うん。それが最善策な気がしてきた。大司教を引きつけておけば、孤児たちを救い出すことも容易になるだろう。

「それでは、ジゼルの負担が大きいだろう」

「そうですか？」

「それに危険だ。何をされるか分からないぞ」

確かに、大司教は罪悪感なく孤児を人質に取るような人間だ。まったく危険がないとは言えないだろう。

しかし、それ以上に私は大司教を許せなかったし、危険を冒してでも大司教の罪を明らかにしたかった。

「私は大丈夫です」

「だが……」

「それよりも、早く大司教をぶちのめしたいんです」

私がそう言うと、目を丸くさせた公爵様が噴き出した。

「ぶちのめしたい、か」

「ちょっと、笑わないで下さい」

だって、大司教に対して段々と腹が立ってきたのだ。私たちを教会の所有物として扱って、コントロールしようとしていることに。

そもそも、自白剤をお酒に入れさせようとすることだって、お酒への冒涜《ぼうとく》でしかない。味が劣化してしまったら、どう責任を取ってくれるつもりなのだろうか。

「いつものジゼルが戻ってきたな」

公爵様は呆《あき》れたように笑う。そして、危険を感じたら、すぐに身の安全を確保することを公爵様と約束した。

「よし。どうせなら、大司教が言い逃れ出来ないように、王宮にも協力も仰ごう」

「王宮からですか？」

「ああ。公爵家の人間以外にも証人をつくって、徹底的に大司教を追い詰める」

許可証を渡した時点で、王宮はこちら側に味方することを決定していたらしい。多少強引な作戦でも、王宮の騎士団数人は借りられるだろうとのことだった。


こうして、私が囮になって大司教から話を聞き出すための作戦が決行されたのだ。


公爵様から全ての経緯を聞いた大司教は、獰猛《どうもう》な獣のように低く唸《うな》り、叫んだ。

「貴様、ジゼル！　教会を騙《だま》すということが、どういうことか分かっているのか！　神への冒涜であり、お前には罰が……」

「黙れ」

公爵様はすっと目を細めて大司教を睨みつけた。彼の視線は、どこまでも冷徹無慈悲。「冷徹公爵」の名に恥じない視線に、私は出会ったばかりの頃の彼を思い出した。

「さて、大司教」

「ヒッ」

公爵様は大司教の体の横に、剣を突き立てる。大司教は怯《おび》えた声を出すが、体を押さえつけられているために、後ずさることも出来ないようだった。

「ジゼルを脅し、公爵家にあった証書を盗もうとした現行犯だ。王宮の騎士団員たちも見ている。言い逃れは出来ないぞ」

「私は、何も知らない。ジゼルが勝手にやっただけです。その小娘のことを信じるのですか」

「ジゼルとは信頼関係を築いてきたんだ。信じるに決まってるだろう。……さあ、さっさと吐け」

「な、なにを」

「しらばっくれるんじゃない。工場で行われていること、教会で行われた非人道的な行いの数々、全てだ。それから、稼いだ金もどこかに隠してあるだろう。その在処《ありか》も吐け」

「いや……」

大司教が首を横に振ると、公爵様はガンッと剣を突き立てた。

「嫌じゃない。これまで教会孤児を苦しめてきた罪、領地に瘴気《しょうき》を増やした罪。それから、公爵家の妻に手を出した罪。全て償ってもらう」

「ひいいいいいいい」

大司教はガクガクと震えて、情けない叫び声をあげた。その後、数時間にわたる尋問が「冷徹公爵」によって行われることとなった。

しばらく大司教が尋問されている光景を見ていると、後ろから肩を叩《たた》かれた。振り返ると、そこにはレンドール君がいた。彼は今日の作戦に協力してくれていたのだ。

「ジゼル様、子供たちの安全の確保が出来ました」

「レンドール君、協力してくれてありがとう」

「いえ」

私がお礼を言うと、彼は気まずそうに曖昧《あいまい》に首を振った。彼らしくない態度を不思議に思っていると、彼は決心したように口を開いた。

「あの、今までの態度、すみませんでした」

「今までのって？」

「ジゼル様を疑ったり、キツく当たったりしていたことです。今回の一件で、僕が間違っていたんだと痛感しました」

「そうなの？」

「はい。僕は、ずっとジゼル様が公爵家を裏切るんじゃないかと疑っていたんです」

チーズフォンデュを食べた時に、私が聖女という立場を利用してお金を使い込んでいるという誤解は解けた。けれど、今まで教会に騙されてきた彼は、どうしても私に対する不信感が拭《ぬぐ》えなかったそうなのだ。

「けれど、僕が間違ってました。ジゼル様は公爵家に来てから、いつだって領地のために最善を尽くしていたのに」

「買い被《かぶ》りすぎだよ」

「いいえ、そんなことはありません。それに、子供たちを助けるために、危険を顧みずに大司教に立ち向かっていくジゼル様の姿は……」

彼は顔を赤らめて、目を逸《そ》らす。

「か、かっこよかった……ですから」

気づけば、私は彼の頭を撫《な》でていた。

「ちょ、なんなんですか!?」

「可愛《かわい》いなって思って」

彼が抵抗しないのをいいことに、私は無心で彼の頭を撫で続けた。彼の中の私が若干、美化されているような気がするけど、まあいいや。可愛いから。

しばらくして羞恥《しゅうち》に耐えきれなくなったのだろう。レンドール君は顔を真っ赤にして、私の手から逃れた。

彼は咳払《せきばら》いをして、話を変える。

「ところで、あんな光景を見ていて、何が楽しいんですか？　公爵様は、相変わらずかっこいいですけど」

彼が「あんな光景」と指さす先には、公爵様に尋問される大司教の姿が。

レンドール君が来るまで、私は彼らの姿をじっと見ていたので、疑問に思ったのだろう。確かに彼の言う通り、大司教が尋問されているところなんて、見てて楽しいものではないかもしれない。

けれど、今まで散々子供たちをいいように使ってきた大司教が、脅されて震えている姿を見ているのは……。

「この光景を酒の肴《さかな》にしたいなって思ってた」

「いいですね。僕もしたいです。お酒は飲めないですけど」

私たちはニヤリと笑い合う。お互い教会に利用されてきた者同士、意見が合うのだ。

その後も大司教の叫び声は続き、私たちの溜飲《りゅういん》はすっかり下がった。

その後は、教会内部の正式な調査が行われ、教会のトップである大司教は捕らえられた。余罪はまだまだあるそうで、王家によって徹底的に調べ上げられているところだ。

富と権力に固執した大司教は、全てを失い、今は牢屋《ろうや》で孤独に過ごし、キツイ取り調べも待っているそうだ。

そして、教会所有の工場は全て閉鎖され、そこで働かされていた孤児たちはみんな保護された。行き場のない子供たちの面倒を、どこの組織が見ることになるかは、これから決めていくことになりそうだ。

そして、後日。私は公爵様と向かい合って座っていた。私たちがいるのは、初めて契約を交わし

た部屋だ。私は真剣な面持ちで、手を掲げた。そして……、

「それでは、瘴気の原因解明と大司教を捕らえた記念に、乾杯！」

「乾杯」

私は公爵様とビールの入ったグラスをぶつけた。初めて契約を結んだ部屋で、私たちはささやかな祝杯をあげていた。

もちろん祝杯の理由は、大司教が捕まったことで、今までのこと全てに決着がついたためである。つい最近も「お疲れ様の晩酌」と称してお酒を飲んだばかりな気がするけど、飲む理由が多い分には困らないよね。

乾杯を終えて、さっそく冷たいビールを飲み干す。ゴクゴクとお酒が喉《のど》を通り過ぎ、ほわっと体が熱くなるのを感じた。

「ん〜っ、やっぱり何かを達成した後のビールは最高ですねぇ」

「ん、そうだな」

大司教に自白剤を入れるように脅された時に飲んだお酒は、緊張であんまり味わえなかったんだよね。あの時は見張られていたから、私は公爵様を騙す演技をして、公爵様も自白剤を飲まされた上に酔って眠ってしまった演技までしなければならなかったため、緊張していたのだ。

正直、あまりに緊張しすぎて、途中でちょっと笑いそうになっていた。

「それにしても、今回の作戦が上手《うま》くいってよかったです」

「ああ。けど、冷や冷やした場面はたくさんあったよな」

例えば、お酒を飲んだ公爵様が、本当にちょっと酔っていたとか。

例えば、私が大司教を引きつけている間、騎士団員たちが人質にされている子供を探し出すことに時間がかかっていたとか。

例えば、大司教が元々私をスパイにするために公爵家に送り込んでいたことを知って、私自身結構ショックを受けて動揺したとか。

こう考えると、かなり色々と危なかった気がする。誰に見られているか分からないから、公爵様と何度も作戦を練ることが出来なかったことも、不安要素の一つだった。

本当によく成功したなと思う。

「私が公爵家に送られたことに、大司教の思惑があったなんて思いもしませんでした」

「俺は元々、君を介して教会が何かを仕掛けてくるだろうことは予想していたぞ」

「え？」

聖女は非常に珍しい存在であり、教会が簡単に手放すはずがない。公爵様は、何か裏があると見て、私のことを警戒していたらしい。

だから最初に「これは契約結婚だ」などと突き放すような言葉を敢《あ》えて言ったのだ。

「それなのに、君は予想外のことを言ってきただろう？」

「えーと、私は確か……」

前世を思い出して、誰かと一緒に飲みたかった私はこう言った。『契約の条件に晩酌もつけて下さい』と。

公爵様は、ふっと笑いを漏らす。

「最初は、新手の罠《わな》なのかと思った」

「そんなに変なことでしたか？」

「……いや」

「そこで目を逸らさないで下さいよ、公爵様」

公爵様は咳払いをして、話を続けた。

「晩酌中に何かを仕掛けてくるのかと思ったら、そんなこともない。最初の晩酌の時は、レンドールも俺も、何が目的なのかと疑っていたんだ」

「じゃあ、最初の晩酌の日に酔っていたのも演技っていうことですか？」

「……いや」

公爵様は再び、そっと目を逸らす。

ああ、本当に酔っていたらしい。彼のために忘れてあげよう。

「まあ、君と話しているうちに、ジゼルがただの酒好きの聖女ってことが分かったから、俺は安心していたけどな」

「うっ、間違ってないから否定しづらい……」

「まあ、流石《さすが》にそれは冗談だが。一緒に仕事して、晩酌を共にしているうちに、ジゼルが優しいってことは分かったから、疑ってなかったよ」

そこで、公爵様は表情を硬くして、私に正面から向き合った。

「ジゼル。今回の一件で、君の役割は終わった」

瘴気の浄化と原因究明をするために私は公爵様と契約を結んだ。それが解決した今、彼の言葉通り、私の役目は既に終わっているのだ。

私は契約終了を言い渡されることを覚悟したんだけど、続いた公爵様の言葉は予想外のものだった。

「けれど、俺はまだ君と公爵家で共に晩酌をしたい。ダメか？」

「……私の役目は終わったのに、いいんですか？」

「君が浄化をした地域では作物がよく育つらしいから、引き続き領地を回ってほしいと思ってる。領民から、聖女様にまた来てほしいという要望が絶えないんだ」

「……！」

私は、これまでの浄化作業の中で、感謝の気持ちを伝えてくれた領民の顔を思い出す。あの時、私は確かなやりがいを感じていたように思う。

そして、その後に飲んだお酒が格別に美味《おい》しかったことも覚えている。

「私で、いいんですか？」

「俺が君と仕事がしたいんだ。それに何より、また晩酌もしたいと思っている」

私はどうしたいのかと、改めて気持ちを問われる。公爵家に来てからの日々は楽しくて、充実していた。「どうしたいか」なんて答えはとっくに決まっている。

私は公爵様に頭を下げた。

「私でよければ、やらせて下さい」

「なら契約成立だな」

「はい」

話がまとまった。契約更新に、嬉《うれ》しくて顔がにやけてしまいそうだ。上機嫌にビールに口をつけると、やっぱり美味しい。

「せっかくですし、何か簡単なおつまみ持ってきますね！」

私はおつまみを作りに立ち上がったが、部屋を出て行く直前に振り返った。

「公爵様。今回のこと、助けて下さって、ありがとうございます」

「大したことはしていないぞ？」

「でも、私一人だったら、解決出来ませんでした。公爵様のおかげです」

「いや、当たり前のことをしただけだ。俺にとって、君は大切な……」

公爵様の真剣な眼差しに、ドキリと心臓がはねた。

「大切な？」

その後に続く言葉に期待して、胸の奥が締め付けられる感覚がした。

公爵様の次に続く言葉を待つが……。

「……大切な飲み友達、なんだからな」

しばしの沈黙。それを打ち破るかのように、部屋にレンドール君が入ってきた。

「公爵様、確認してもらいたい資料があるのですが。お邪魔でしたか？」

「あ。じゃあ、私はおつまみを取ってきますね」

「そうだな。うん。そうしてくれ」

しどろもどろになりながら、私は部屋を出て行く。

びっくりした。本当に、びっくりした。

一体、私は、「大切な」の言葉の後に何を期待していたんだろうか。

◇◇◇

ジゼルが去っていった後の部屋。レンドールが残念なものを見る目で、俺を見ている。彼がおもむろに口を開く。

「公爵様」

「なんだ？」

「ヘタレですか？」

「……うるさい」

レンドールの辛辣《しんらつ》な一言に、俺は机に突っ伏した。

三章　あたたかいおでんを一緒に

「公爵様、今日はコロッケ祭りですよ！」

「ころっけ……って、どういうことだ？」

私の言葉に、公爵様が首を傾《かし》げた。

公爵様と新たな契約を結んで、一ヶ月ほどが経過した。現在の私は、領地で作物がよく育つように、各地を回って豊穣《ほうじょう》の祈りを捧《ささ》げている。

新たに与えられた仕事は概《おおむ》ね順調で、領地内の作物はすくすく育っている。

収穫が早い土地からは、類を見ないほどの収穫量だと報告も上がっているくらいだ。

私自身も、領地の人たちと交流しながらの仕事は楽しくて、やりがいを感じている。

それに、収穫した作物のお裾分《すそわ》けをしてもらうこともあって……。

「実は、大量にジャガイモをもらったんです。早めに消費したいので、たくさん食べましょう」

私はジャガイモが入っている袋を公爵様に見せる。袋の中にはジャガイモが、ざっと二〜三十個は入ってる。

「多いな」

「ちなみに、あと三袋分あります」

「本当に多いな」

前にジャガイモのお裾分けをしてもらった時にフライドポテトを作ったことがあるが、今回はその比じゃない。

公爵家で働く全員で食べないと、消費が追いつかないくらいの量だ。

「ということで、ジャガイモを使った〝コロッケ〟を大量生産しようと思います。晩酌はその後でも、大丈夫ですか？」

「ああ、大丈夫だ」

ということで、私はさっそくキッチンで準備に取り掛かった。

ふかしたジャガイモに衣をつけて、油で揚げる。ジュワジュワと耳心地いい音がキッチンに響いた。


今日は、久しぶりの晩酌の日である。

教会との一件について、私はしばらく王宮からの取り調べを受けていた。仕事の合間に王宮に通う日々だったので、ここ一ヶ月は公爵様と飲む時間を持てなかった。

ずっとお酒を飲めなかった分、今日は思いっきり晩酌をしたい。

私は晩酌を思いっきり楽しむためにも、改めて気合いを入れて調理に取り掛かった。

コロッケの大量生産を終えた私は、使用人たちにお裾分けをしてから、公爵様の待つ部屋へと向かった。

「お待たせしました～」

「ああ、お疲れ様」

部屋の中では、既に公爵様が晩酌の準備をして待っていてくれた。

用意されたお酒とグラスを見て、どうしようもないくらい私の胸は高鳴った。

「公爵様、ワクワクしますね！」

「そうだな」

「晩酌するの、久しぶりですよね！」

公爵様がクスクス笑っている。いけない。はしゃぎすぎたかな。

それでも、お酒の魅力には抗《あらが》えないのだ。私は嬉々《きき》として、ビールをグラスに注いだ。

「じゃあ、乾杯！」

「乾杯」

グラスをぶつけて、ぐいっとお酒を飲み干す。キンキンに冷えたビールが喉《のど》を通り過ぎていった。

「はぁっ～～、うまぁ」

アルコールが駆け巡る感覚に、体が熱くなるのを感じた。くぅ。今日も最高にビールが美味しい。

「よし。早くコロッケも食べましょう」

「そうだな」

今日のおつまみであるコロッケに、さっそくパクついた。

サクッ、ザクザクッと、軽快な音が響く。

「おいし～」

サクサクの衣に、ホクホクのジャガイモ。塩胡椒《しおこしょう》が利いていて、ビールとの食べ合わせが最高だ。

「熱々で美味《うま》いな」

「はい、出来たてですから」

「何かソースをつけても美味しそうだ」

「公爵様、お目が高いですね～！」

私が公爵様の前に、コロッケにかける用のソースを置いた。公爵様が「おぉ」と感嘆の声をあげる。

香ばしいソースをかけて、再びコロッケを頬張った。

「美味しいですね」

「そうだな、美味しい。美味しすぎて、泣けてくる……」

「公爵様、酔うの早くないですか？」

酔うと泣くことに定評のある公爵様が、いよいよ意味の分からない理由で泣きそうになってる。

美味しすぎて泣くなんて、相変わらず公爵様は面白い。

それにしても、いつもの公爵様だったらもう少しは飲めるはずだ。

久しぶりだから、酔いが早いのかな？

「大丈夫ですか？　もうやめておきますか？」

「いや、大丈……」

「本当ですか？」

至近距離で顔を覗《のぞ》き込んで、彼の顔色を確認する。

ちょっと顔が赤いが、まだ涙目にもなっていないし、目元もいつも通りだ。パッと見は、大丈夫そう。

安心して公爵様から離れると、彼は気まずそうに目を逸《そ》らしていた。というか……、

「さっきより、顔が赤くなってますよ。やっぱり酔ってますか？」

突然、公爵様の顔が真っ赤になってしまった。近づかなくても分かるほどで、耳まで真っ赤。

彼は、顔を片手で隠しながら、首を横に振った。

「少し酔っただけだ。意識はハッキリしてるから大丈夫。というか、今、ハッキリした」

「そうなんですか？」

「ああ。ダメだったら、言うから」

「ほどほどにしておいて下さいね」

公爵様の「酔ってない」は基本的に信用してないんだけど、会話は成り立っているし、とりあえず大丈夫なのだろう。

「それより、早く二つ目を食べるぞ」

「そうですね！」

公爵様がさっそく二つ目のコロッケに手をつける。サクッと一口目を食べたところで、彼が目を

見開いた。

「ん？　何か入ってるぞ」

「そうなんですよ」

実は、今回のコロッケ。私は三種類用意をしていた。

一種類目は、普通のコロッケ。

二種類目は、チーズが入っているコロッケ。

三種類目は……、

「これは、卵か？」

「そうです。ゆで卵を入れました」

いくつかのコロッケの中に、半熟のゆで卵を入れていた。一口食べれば、とろっと黄身が溢《あふ》れ出すはずだ。

公爵様がもう一口食べてから、再び口を開いた。

「黄身とジャガイモが混ざり合って、濃厚な味わいになっているな。それに、食べ応えがある」

「美味《おい》しいですか？」

「ああ。美味しいよ」

私も二つ目のコロッケを口にする。私が食べたコロッケには、チーズが入っていた。

「お、私の方はチーズでした。こっちも美味しいですよ」

「もしかして、食べてみるまで、中身が分からないのか？」

「はい」

何が入っているかは、食べてみてのお楽しみだ。こっちの方が、食べている時にワクワクするからね。

「こういう食べ方は初めてだ。本当にワクワクするな」

「そうですよね」

「でも、三種類も作るのは大変じゃなかったか？」

「久しぶりの晩酌だったので、張り切っちゃいました。美味しくお酒を飲むために、手は抜きたくないですし」

「本当に酒が好きだな」

「はい！」

公爵様は呆《あき》れて笑っているけれど、事実だから仕方ない。それに、公爵様との晩酌が何よりも楽しいから、どうしても張り切ってしまうのだ。

そのことを伝えると、公爵様は「俺もだ」と言って、嬉《うれ》しそうに笑っていた。

その後も、二人でコロッケを食べ比べて、楽しく晩酌は終わった。

晩酌のおかげでリフレッシュ出来たし、また仕事を頑張ろう。

そう決意を新たにしたんだけど……。

次の週、向かった領地で思わぬ言葉を投げかけられることになる。

「聖女様。もうここには来ないでくれないか」

「え？」


「は？　領地に来るなと言われたのか？」

公爵様に聞き返されて、私は頷《うなず》く。

「はい。今日行ったところで、そう言われてしまいました」

「そんな馬鹿なことを言う奴《やつ》は、どこのどいつだ？」

公爵様が怒気を含んだ声を発して、立ち上がった。久しぶりに見る〝冷徹公爵〟の姿に、私は慌てて口を開いた。

「ま、待って下さい。ちゃんと理由がありますから」

そして、今日の出来事について話し始めた。


私は、今日も頑張って仕事をしようと意気込んで領地に向かった。

その時に、辺り一帯の畑を所有している男性に声をかけられた。

「今日も来たんだね」

「はい。今から、豊穣《ほうじょう》の祈りを捧《ささ》げていきますね」

「いや、やめてほしい」

「え？」

「聖女様。もうここには来ないでくれないか」

「えっと……？」

周りを見渡すと、いつの間にか他の畑を所有している人たちも集まっていた。彼らは、その男性の言葉に強く頷いている。

私は動揺しつつも、冷静に聞き返した。

「急にどうされたんですか？　何か、私のやり方に問題でもありましたか？」

「いや。特に問題はない」

「それなら、どうして」

「なぜなら……」

彼は悲痛な面持ちをしている。私は何を言われるのかと身構えたのだが。

「なぜなら、聖女様がすごすぎるから‼」

「え？」

予想外の言葉に、聞き間違えたのかと思った。

「聖女様の祈りがすごいんだ。本当に収穫量が増えたんだよ！」

「そ、そうなんですか？」

「ああ。例年の十倍は作物が収穫されたんだ。これは本当にすごいことなんだよ！」

なぜかベタ褒めされて、困惑した。

ずっと瘴気《しょうき》が原因で作物不足に困っていたんだし、たくさん採れる分にはいいのではないだろうか？

「けどね。このままだと、作物の流通量が多くなりすぎてしまうんだ」

「あっ」

そこで、ようやく話が見えてきた。

流通量が増えてしまえば、その分作物の売値を下げなくてはならない。そして、売値を下げると、赤字になってしまう。

売り上げを保つためには、せっかく収穫した作物を廃棄しなければならないのだ。

だから、これ以上収穫量を増やすわけにはいかないのだろう。

「俺たちには対処しきれない。だから、しばらくは来ないでくれ」

「分かりました」

「すまないね」

「いいえ。また私の力が必要になったら、いつでも駆けつけますから」

申し訳なさそうに頭を下げられて、逆に恐縮してしまった。

そのまま私は公爵邸に戻り、公爵様のもとへと報告しに来たのだ。

「という経緯なんですよ」

「なるほどな」

「しかも、余っているからと、またジャガイモをいただきました」

公爵家の領地は、ジャガイモを栽培している地域が多い。そのため、作物の収穫量が一気に増えると、必然的にジャガイモが余ってしまうのだ。

だから、先週は大量のジャガイモのお裾分《すそわ》けをしてもらっていたのかと、私は肩を落とした。

「しばらくは、豊穣の祈りを捧げない方がいいですよね？」

「そうだな。流通量を減らすためには、そうするしかない。あとは、公爵家が積極的にジャガイモを買い取って……」

公爵様が真剣に対策を考えてくれている。私のせいなのに、申し訳なくなってくる。

「じゃあ、領地を回るのは一旦《いったん》やめよう」

「分かりました」

「あとのことは、任せてくれ」

「はい。でも、ジャガイモの消費の方は私に任せて下さい」

「頼んだ」

料理のことならば、多少なりとも役に立てるはずだ。あとは……、

「仕事がない間は、皿洗いでも何でもしますね」

「……ジゼルは妻という立場なんだし、無理に働こうとしなくてもいいんだぞ？」

「いいえ。それは申し訳ないです」

あくまで私は契約上の妻。公爵様に甘えるわけにはいかない。それに……、

「しっかり働いて、美味しくお酒を飲みたいです……！」

一週間頑張ったという達成感があるからこそ、お酒は美味しい。それに、仕事の疲れは最高のスパイスだ。

そのためなら、雑用だって何だってするつもりだ。

「キンキンに冷えたビールを飲み干す、あの高揚感。沁《し》み渡るビールの苦味……。思いっきり楽しみたいです」

「飲みたくなるから、それ以上はやめてくれ」

公爵様はゴホンと咳払《せきばら》いをして、話を続けた。

「分かった。それなら、ジゼルに頼みたい仕事があるんだ」

「やらせて下さい」

「返事が早い。内容を聞いてから、考えろ」

公爵様が呆れてる。けれど、信頼出来る公爵様の提案なら、私は何でもやるつもりだ。

「俺と一緒に孤児院へ行かないか？」

「孤児院？」

予想外の提案に、私は目を見開いた。

私と公爵様は、馬車に揺られて移動をしていた。私は窓の外を覗《のぞ》き込んで、指をさす。

「公爵様、孤児院が近づいてきましたよ！」

「ああ」

私たちは、孤児院の視察に赴いていた。

孤児院は、これまでずっと教会の管轄下に置かれていた。しかし、大司教の一件により、教会の信用は失墜。

各地の領主が孤児院の経営を担当することになった。

公爵様は、担当する孤児院を二週間ほど視察して、これからの経営方針を考えていきたいらしい。

そのために、私の意見も欲しいそうだ。

この提案をした時、公爵様は言っていた。

『ずっと、ジゼルを連れていこうか迷っていたんだ』

『そうだったんですか？』

『ああ。君にとって孤児院は、嫌な記憶がある場所だろう？』

確かに、元教会孤児の私にとっては、決していい思い出がある場所とは言えないだろう。

でも、もう全てが過去の話だ。

今はやりがいのある仕事が出来て、お酒を飲めて、毎日が楽しいのだから。

何より、私には公爵様がいる。それだけで心強いし、大丈夫だと思えるのだ。

『私は大丈夫ですよ。どんどん私の意見を役立てて下さい！』

『ありがとう。けど、無理はするな』

『はい』

こうして、私たちは一緒に孤児院の視察に行くことになった。

目的地にたどり着き、私たちは馬車から降りる。すると、さっそく孤児院の院長が私たちを出迎えてくれた。

「はじめまして。公爵様、奥様。アベリア孤児院の院長を務めております、クリスと申します」

「アベラルド・イーサンだ。彼女は、妻のジゼル。今日はよろしく頼む」

「はい」

院長はにこやかに答える。初老の男性で、穏やかそうな人だ。

「まずは施設内の案内を頼みたい」

「分かりました。まずは、食堂に行きましょうか」

院長による案内が始まり、私たちは孤児院内を見て回った。

食堂、洗面所、浴場、寝室。どの場所も清潔感に溢《あふ》れていて、かつて教会が管理していた孤児院とはまったく違う。

私がいた孤児院は、もっと薄暗くてゴミや埃《ほこり》が放置されていたのだから。

「そういえば、子供たちが見当たりませんが、どこにいるんですか？」

「今の時間は勉強をしております」

「勉強を？」

「ええ。孤児院を出た後に、少しでもまともな場所で働くことが出来るように、知識を授けています」

「そうなんですね」

この世界には、義務教育制度がない。そのため、子供に勉強を教えることは、親たちの裁量による。

当然のように、孤児に勉強を教えるという発想は生まれるはずもなく、私も孤児院にいた時は勉強なんてさせてもらえなかった。

聖女になってからは、表舞台に立つことも多くなるからと、多少の教育は受けたけど。

これは、院長が心から子供たちのことを思っているからこそ出来ることなのだろう。

「とは言っても、職員の中に、正式な教師はいませんから、本当に簡単なことしか教えられないのですが」

「それなら、公爵家から追加で支援金を出すから、それで教師を雇わせよう」

ずっと黙って話を聞いていた公爵様が、提案をする。すると、院長は目を見開いて恐縮した。

「そんな。今でも十分な支援金を頂いているのに、申し訳ないです」

「立派な子供が育てば、公爵領全体の利益にも繋《つな》がる。これは未来への投資だ」

しかし、せっかくの提案にもかかわらず、院長は渋い顔をしていた。

「せっかく教師に来て頂いても、無駄になってしまうかもしれません……」

「どういうことだ？」

「実際に見てもらった方が早いです。こちらにいらして下さい」

院長の言葉の意味は、すぐに判明した。

私たちは、子供たちが勉強している部屋へと案内された。そこには、大騒ぎをしている子供たちの姿があった。

ほとんどの子供が真面目《まじめ》に職員の話を聞いておらず、中には駆け回っている子さえいる。

職員の人たちは、そんな子供たちの対応に困っている様子だった。

「このように、やる気のない子が多く、職員も困っているのです」

「……」

「とにかく、公爵様のお手を煩わせるわけにはいきません。孤児たちの教育は、私たちで何とかします」


孤児院から公爵邸に戻り、私と公爵様は作戦会議をしていた。

「どうにか、子供たちの勉強を支援したいですよね」

「そうだな……」

視察に行った孤児院は、子供たちが暮らす環境として申し分ない。だからこそ、何かの形で支援したいと思うのだ。

「あの様子だと、正式な教師を雇っても、授業にならないだろうな」

「難しいですよね」

二人で「うーん」と考える。

このように公爵様と意見を交わすのは、瘴気の原因を探っていた時以来のことだ。ちょっとだけ懐かしい。

「……少し、お腹《なか》が空《す》きましたね」

夜ご飯は食べたばかりなのだが、頭を使ったから、小腹が空いてきてしまった。あと、口もちょっと寂しい。

「公爵様、ポテトチップスでも食べますか？」

「ぽてとちっぷす？」

「ジャガイモを薄切りにして揚げたもの、ポテトチップスです。なんなら、少し飲みましょうよ」

私は、作っておいたポテトチップスをキッチンから取ってくる。ついでに、お酒も持ってきた。

「明日も仕事がありますし、一杯だけ」

「そうだな。一杯だけな」

グラスにビールを注いで、ちびちび飲み始める。

それから、ポテトチップスを手に取ってパリッと食べた。

薄い塩味の、素朴で優しい味だ。そして、ジャガイモのホクホク感と、パリパリの食感。

一枚食べ始めると、自然と手が動いて何枚も食べてしまって、止まらなくなってしまった。

公爵様もポテトチップスの魅惑には抗《あらが》えないようで、どんどん手を伸ばしていく。

しばらく、パリッパリッ、サクッとポテトチップスを食べる音がひたすら響いた。

ふと、我に返った公爵様が手を止めて、苦笑した。

「……今、無意識に食べていた」

「止まらないですよね」

「ああ」

本当に、ポテトチップスには何枚でも食べられちゃう不思議な魅力があるのだ。

「これも、もらったジャガイモから作ったものか？」

「正解です。手軽に食べられるものなので、色んな人に配りました」

領民からもらったジャガイモは、未《いま》だ残っている。これを早々に消費するために、私は色々なジャガイモ料理を提供し始めていた。

今回は塩味のポテトチップスしか作ってないけど、いつかコンソメ味やのり塩味も作ってみたいな。

「ポテトチップスなんて初めて聞いたが、美味《うま》いな」

「美味《おい》しいですよね。このパリパリ食感と無心で食べられる感じが好きなんですよ～」

ポテトチップスの塩っけがお酒に合うしね。前世では、よくコンビニに行ってポテトチップスを買い漁《あさ》っていたなあ。

やっぱりご褒美があるから、つらい仕事も頑張れたんだよね。

それにしても、ご褒美。ご褒美かぁ。

「公爵様」

「なんだ？」

「私が仕事を頑張れているのは、週末の晩酌があるからです。正直なところ、お酒がなければ頑張れません」

「すごいぶっちゃけるな」

公爵様が冷静にツッコむ。しかし、私だって意味なくぶっちゃけているわけではないのだ。

「子供たちにも、それが必要なんじゃないでしょうか？」

「というと？」

「勉強を頑張ったご褒美に、お菓子をあげるんですよ」

孤児たちには、勉強の経験がない。だからこそ、急に勉強をさせられて戸惑っているはずだ。

しかし、「美味しい食べ物のために頑張る」というのは、子供にとっても馴染《なじ》み深いことなのではないだろうか。

孤児たちに勉強する理由を与えることで、今の状況を少しは改善出来ると思ったのだ。

「ちなみに、お菓子は何を提供するつもりだ？」

「ポテトチップスです」

「なるほどな」

美味しいし珍しいから、子供たちの興味を引くことが出来ると思う。

それに、大量のジャガイモを消費出来るから、一石二鳥なんじゃないかな。

「実際にやってみなければ、効果は分からないですけどね」

「いや、面白い。やってみる価値はあると思う」

ということで、明日から子供たちにポテトチップスを持っていくことが決定した。

子供たちがポテトチップスにどんな反応をするのか、今から楽しみだ。

「それにしても、ポテトチップスが美味すぎる。本当に止まらない」

「ポテトチップスには、不思議な魅力がありますからね。……お酒、もう一杯飲みますね」

「明日も仕事なのにか？　俺も飲む」

「公爵様、矛盾してますよ」

というわけで、私たちはもう一杯だけ飲んだ。本当はもっと飲みたかったけど、明日に備えて我慢した。私たちちって、えらい！

とにかく思いっきり飲むのは、今週末のご褒美にしよう。


次の日。私はさっそくポテトチップスを作って、孤児院へと向かった。馬車に乗っているのは、私と公爵様、そして。

「ジゼル様。今日は僕も行きますので、よろしくお願いします」

公爵様の従者・レンドール君だ。常に公爵様のサポートを務めている彼が、今回の視察にも協力してくれるらしい。

「うん。よろしくね」

「今日は、〝ぽてとちっぷす〟というものを配るんですよね？」

「そうだよ。子供たちにあげるつもりだよ」

レンドール君の問いかけに頷《うなず》く。

孤児院に持っていくためのポテトチップスを、朝早くから大量生産したのだ。

昨日は夜遅くまで飲んじゃったから、朝は起きるのがちょっとだけ大変だったな。

そんなことを考えていると、彼はチラチラと何かを気にするように私を見始めた。「どうしたの？」と首を傾《かし》げると、彼はゴホンと咳払《せきばら》いをしてから口を開いた。

「あの、ポテトチップスって余ったりしますか？」

「今日は、全部配っちゃう予定だよ」

「そうですか……」

彼が肩を落とす。その様子を見て、公爵様がクスクスと笑った。

「レンドールもポテトチップスを食べたいんだろう？　ジゼルの作るつまみを楽しみにしているからな」

「え？」

「それこそ、チーズフォンデュを食べた時から、好きだって言ってたよな」

「え？」

確かに、初めて一緒にチーズフォンデュを食べた時に、彼は「美味しかった」と言ってくれた。けれど、「楽しみ」なんて思っているはずがないと思うんだけど。

「別に、そこまでは言ってません」

彼はほんのり耳を赤くしていた。公爵様の指摘は図星らしい。

「また作るからね！」

「別に、無理しなくてもいいですよ」

「ううん。大量にジャガイモが余ってるから、本当に食べてほしいんだ……」

「僕は処理係ですか」

私たちの会話を聞いて、公爵様がクスクスと笑う。和やかな雰囲気で話している内に、あっという間に孤児院にたどり着いた。

まずは院長に挨拶《あいさつ》をしに行って、昨日私と公爵様で考えたことを話した。

最初は、私たちの提案に戸惑っているようだった。しかし、ポテトチップスを試食してもらうと、彼はすぐに顔を輝かせた。

「なんですか、これは！　長い人生を生きてきましたが、初めて食べましたよ」

「美味しいですか？」

「美味しいです。これは子供たちも喜びますよ！」

院長は、しばらく夢中でポテトチップスを頬張っていた。

しかし、私たちの温かな視線に気づくと顔を赤くして、慌てて話を続けた。

「これを子供たちにご褒美としてあげるのですね。素晴らしい案だと思います」

彼の言葉にホッとする。院長の許可をもらえなかったら、子供たちにあげることは出来ないからね。

「せっかくですし、直接ジゼル様から手渡してもらいたいです」

「私がですか？」

「ぜひ、お願いします」

「分かりました」

院長の提案によって、私は初めて子供たちと対面することになった。

今日も教室内は騒がしくて、まともに授業が出来ていないようだった。院長は先に教室に入っていく。

「皆さーん。静かにしなさい！」

「院長先生だ〜」

「何しに来たんですかー？」

「はいはい。静かにしなさい。今日は特別なお客様が来てますよ」

院長に手招きされて、私たちは教室に入っていった。すると、騒がしかった室内が一気に静かになってしまった。誰も一言も発しようとしない。

知らない人が来たから、緊張しているのだろうか？

「はじめまして」

さっそく挨拶をしてみるが、子供たちは無反応だ。無言で、警戒した目をこちらに向けている。

私が戸惑っていると、一人の男の子が立ち上がって私を睨《にら》みつけた。

「なんだよ、おまえら！」

「こら！　やめなさい」

院長が慌てて、子供を叱る。

後ろに控えていたレンドール君が剣に手を携えたので、そちらも公爵様が窘《たしな》めた。

「大変申し訳ございません」

院長は、すぐに私たちに頭を下げた。彼にとっても、子供たちの反応は予想外だったらしい。

なんでこんなに警戒するんだろうと考えて、ハッとした。

子供たちは、長い間、教会の大人たちから虐げられてきた。殴られたり、騙《だま》されたりしたこともあっただろう。

そんな経験をしてきた子供が、知らない大人に警戒心を向けるのは当然かもしれない。

「……」

そして、今の状態で子供たちに、「頑張ったご褒美にお菓子をあげる」と言っても、あまり効果がない気がする。

それなら、予定変更だ。

「今日は、みんなにお菓子を配りに来たんだ」

今日は、子供たちと打ち解ける日にしよう。

私はテーブルの前に座って、袋につめていたポテトチップスをお皿の上に取り出していった。

最初は遠くから私の様子を観察していた子供たちだったが、徐々に、珍しい形をしたお菓子に吸い寄せられていった。

しかし、近づくだけで、なかなか手を付けようとする子はいない。

「こうやって食べるんだよ」

私はお手本として、ポテトチップスを一枚手に持って、パリッと食べた。

子供たちは、顔を見合わせている。食べるべきか迷っているようだった。

その中で、少しぽっちゃりした男の子がポテトチップスに手を伸ばした。

全員の視線が彼に向けられる。そんな中で、彼はポツリと呟《つぶや》いた。

「おいしい」

それを聞いて、他の子もおずおずと手を伸ばし始めた。

「私も食べる」

「お、俺も」

パリッ、パリッとポテトチップスを頬張る音が教室に響き、子供たちが一斉に話し始めた。

「なんだ、これ！」

「ぱりぱりしてるよ」

「初めて食べた」

「ジャガイモの味がする！」

子供たちが嬉《うれ》しそうな声をあげて、教室内はすっかり元の騒がしい状態に戻った。子供たちの警戒が解けたみたいだ。

ホッとして振り返ると、公爵様とレンドール君も安堵《あんど》しているようだった。

しばらくは楽しそうにポテトチップスを食べている様子を観察する。すると、一人の女の子が私の膝《ひざ》に縋《すが》りついた。

「お姉ちゃん、もっとちょうだい！」

しかし、もう作ってきたポテトチップスは全て渡してしまった後だった。

「次は明日ね。また勉強を頑張ったら、あげるよ。約束出来る？」

「分かった！」

最後に約束をして、その日の視察は終わった。これで、当初の目的は果たせたかな。


次の日も、私たちは孤児院に出向いていった。もちろん、約束したポテトチップスを持って。

さっそく教室を覗《のぞ》くと、ほとんどの子供が静かに授業を聞いていた。私たちの存在に気づいた子がこっちに手を振ってくれたが、すぐに授業に聞き入っていた。

中には騒がしくしている子もいたが、ほんの一部だ。

どうやら、院長が「ポテトチップスを食べたいなら、勉強を頑張りなさい」と言い聞かせたそうだ。ポテトチップス効果、恐るべし……！

「成功ですかね？」

「だな」

私と公爵様は顔を見合わせて、笑い合った。とりあえず、私たちの目論見は成功したみたいだ。

その後ろで、レンドール君がため息をついた。

「まったく。昨日、子供が不敬な言動をした時は、どうしてやろうかと思いましたよ」

レンドール君の言葉に苦笑してしまう。

昨日は、一人の男の子に「なんだよ、おまえら！」と言われてしまった。レンドール君は、その言葉に対して怒っているのだろう。

「子供の言ったことなんだから、許してやれ」

「そうだよ。私たちは大して気にしてないから」

公爵様と頷き合う。子供の言ったことだ。少しくらい大目に見てあげるべきだろう。

しかし、レンドール君は頑なに首を横に振った。

「お二人は、甘すぎます。あの子供が調子に乗ったら、どうするんですか」

「そんなわけ……」

公爵様がレンドール君の言葉を否定しようとした、その時だった。

「あんな女の菓子ごときじゃ、やる気なんて出ないんだよ！」

教室内から、男の子の叫び声が聞こえてきたのだ。「子供だなぁ」と私は苦笑いしながら聞いていたのだが。

「「は？」」

公爵様とレンドール君の、ドスの利いた声が同時に響いた。

「公爵様、剣を抜いていいですか？」

「許可する」

レンドール君が聞き、公爵様がすぐに答えた。さすが主人と従者だ。連携が早い……、じゃなくて。

「二人とも、ダメですって！」

私は慌てて二人の前に立《た》ち塞《ふさ》がった。すると、さっきまで「子供なんだから大目に見てやれ」と言っていた公爵様が、首を傾げた。

「子供でも言ったことには責任を持つべきだろう？」

「さっきと言ってることが違いますよ。公爵様こそ、責任を持ってください」

私の指摘に、公爵様が口をつぐむ。

「レンドール君も冷静になって」

「僕はいたって冷静ですよ。冷静に、制裁を下そうとしているだけです」

「だから、それがダメなんだって」

懸命に訴えるが、二人とも納得していないようで、怒りを収めようとしない。こういう時は、どうしたらいいんだろう？

そういえば、前にリーリエが「この言葉を言われたら、ジゼル様には逆らえません」的なことを言っていた気がする。確か、その言葉は……。

「二度とおつまみ作りませんよ」

私がそう言うと、二人はピタリと動きを止めた。

「それは……」

「困るな」

「それなら、落ち着いて下さい。私は気にしてませんから」

二人は渋々といった表情で頷《うなず》く。まだ納得はしていないようだけど、とりあえず怒りは収めてくれたみたいだ。

彼らが落ち着いたのを確認してから、教室の中を覗き込む。すると、教室の中で一人の男の子が叱られていた。

どうやら、まだ騒いでいた子たちに「ポテトチップスをあげませんよ」と注意したところ、一人の男の子が強く反発してしまったらしい。

後になって、私たちの来訪に気づいた職員の方が平謝りしながら説明してくれた。

「本当にすみません。私たちは、なんてことを！」

「いえ、大丈夫ですよ」

とは言ったものの、あんな風に言われてちょっとだけ悲しい気もする。朝早くから頑張って作ったのになぁ、と。

そう思っていると、後ろから公爵様が厳しい声を出した。

「あの子供には、よく言い聞かせておいてくれ」

「はい。もちろんです」

「とりあえず、今日のところは帰らせてもらう」

そう言って公爵様は、今日の視察を切り上げてしまった。私は慌てて彼の背中を追いかける。

「いいんですか？　あんな言い方をしたら、怖い人だって誤解されちゃいますよ」

いつも領民から怖がられてること、気にしてるのに。

しかし、公爵様は首を振った。

「……それは、仕方ない。それよりも今日は帰って、作戦を練り直した方がいいだろう」

確かに、公爵様の言う通り、今の状況では「ポテトチップス作戦」の続行が難しそうだ。

とりあえず、ポテトチップスがダメなら別のものを用意した方がいいかもしれない。

あとは、孤児院で配るポテトチップスで消費されるはずだったジャガイモをどうするかなんだけど……。

今回のことで、ちょっとだけ暗い気分になったし、何かパーッと明るくなれることをしたいよね。

「公爵様。公爵家内で、ポテト・パーティーを開いてもいいですか？」

「ポテト・パーティー？」

「わぁぁぁぁぁあ、これ全部食べていいんですか⁉」

「うん。そのために作ったから」

わーい、とリーリエが目を輝かせた。

私たちの目の前には、たくさんのジャガイモ料理が並んでいる。ポテトサラダ、グラタン、肉じゃが、ポタージュetc……。

週末の今日、公爵家ではポテト・パーティーが開かれた。もちろん、ジャガイモを消費するための催しだ。

使用人も自由に参加を可能にしたので、かなりの人数が集まっていた。

ちなみに公爵様は急な仕事が入ったため、遅れて参加をする予定だ。早く食べたいのに、とちょっと悔しそうにしていた。

「さっそく、いただきますねっ」

リーリエは、私の料理に大喜び。すぐに目の前にあったグラタンを小皿に取って、食べ始めた。

「ほくほくで、おいひいです～」

リーリエにつられて、私もグラタンを頰張った。

熱々、ホクホク。まろやかでクリーミーな味わい。そこで飲む、芳醇《ほうじゅん》なワイン。

「ん～～～っ、美味《おい》しい」

グラタンとワインのマリアージュが最高。週末だし、たくさん飲もう。そして、食べよう。

「ジゼル様、ポテサラも美味しいですよ」

「じゃあ、ポテサラも……」

ポテトサラダにはハムを入れたので、食べ応えが抜群だった。塩胡椒《しおこしょう》がいいアクセントになっていて、ビールと一緒に飲むのが美味しい。

「ジゼル様、肉じゃがも最高です！」

「じゃあ、肉じゃがも……」

肉じゃがは、ジャガイモとにんじんに醤油《しょうゆ》とみりんの味がしっかり染み込んでいた。

「ジゼル様、ポタージュも絶品でした」

「じゃあ、ポタージュも……」

と、こんな感じで、リーリエに促されるまま、お酒とおつまみを味わう。

一通り食べ終えると、リーリエが頬を押さえながら口を開いた。

「ほんとうに美味しいです～。ジゼル様の料理は、世界一ですよ」

「ありがとう」

「本当の本当に、そう思ってますからね！」

「うん？」

リーリエがいつも以上に私の料理を褒めてくれる気がする。急にどうしたんだろう。

しばらくすると、私たちの側《そば》にレンドール君がやって来た。

「ジゼル様。〝肉じゃが〟というものが美味しいです」

「本当？」

「はい。素朴ながら、どこか懐かしい味わい。香ばしいにおいに食欲をそそられてしまいます」

「うん？」

「もし店を開いたら、公爵様と毎日通いつめるでしょう」

「う、うん⁇」

いつも素直じゃないレンドール君が、珍しく褒めてくれる。本当にどうしたんだろう？

その後も、二人は料理を食べては私を褒め続けた。「毎日食べたい」「公爵様が食べるに相応《ふさわ》しい」「世界征服を狙えるレベル」「全公爵様が泣いた」とか。

後半のツッコミどころが満載すぎる。

「それから、ジゼル様の料理は……」

「ちょっと待って。今日はどうしたの？」

再びレンドール君が口を開こうとしたので、私はそれを遮った。ちょっと違和感を覚えるくらい、二人は私の料理を絶賛してくれるのだ。

何か事情でもあるのだろうか？

レンドール君は、気まずそうに視線を逸《そ》らした。そして。

「……僕たちは、いつもジゼル様の料理でやる気をもらってます。だから、それを伝えたかっただけです」

「そうですよ。レンドールの言う通りですっ」

リーリエが、彼の言葉に力強く頷いている。

そこで、思い至った。私は孤児院で、「あんな女の菓子ごときじゃ、やる気なんて出ないんだよ！」と言われてしまった。

そのことを二人は気にしてくれたのだろう。そして、貶《けな》されてしまったことを打ち消そうとしてくれたのだ。

「二人とも、ありがとう」

「いえいえ。そもそも、さっき公爵様に言われたんですよ。ジゼル様が落ち込んでないか見ておいてくれって」

「それ、言っちゃダメなやつですよ」

「あっ」

リーリエが口を押さえる。

「ジゼル様、聞かなかったことにして下さいね？　ね？」

「うん。分かったよ」

どうやら、公爵様も気にしてくれていたみたいだ。彼は、孤児院で言われたことに私以上に怒っていたもんね。

みんなの優しさに、心が温かくなるのを感じた。

「でも、さっき言ったことは、私の本音ですからね！」

「分かってるよ。二人ともありがとう」

「こちらこそ、いつも珍しくて美味しいものをありがとうございます～」

しまった。

「別に、思っていることを言っただけですから」

お礼を言うと、リーリエは嬉《うれ》しそうに笑ったが、レンドール君はすぐにツーンと視線を逸らしてしまった。

すると、リーリエが彼の頭をぐりぐり撫《な》で始めた。

「レンドールは、もっと素直になりなよぉ」

「リーリエ姉さんは、もっと口を堅くした方がいいのでは？　というか、やめて下さいよ」

「素直になるまで、やめないっ！」

「もしかして、酔ってるんですか？　酔ってますよね」

二人のじゃれ合いを苦笑しながら眺めていたんだけど、しばらくして違和感に気づいた。

今、レンドール君が「リーリエ姉さん」って言ってなかった？

「二人って姉弟《きょうだい》だったの？」

「いいえ。全然」

慌てて聞いてみると、リーリエはきっぱり否定した。

「でも、リーリエ姉さんって呼ばれていたよね？」

「はい。そう呼ばせてますから！」

「呼ばせている……？」

私が疑問に思っていると、すぐにレンドール君が答えてくれた。

「僕が公爵家に来たばかりの頃、リーリエ姉さんが面倒を見てくれたんです。その時の名残です」

「なるほど」

元々教会孤児だったレンドール君は、公爵様に拾われて、公爵家にやって来た過去がある。その時に、リーリエに呼び方を指定されたそうだ。

「本当は、リーリエお姉ちゃんって呼んでほしいんだけどねぇ」

「勘弁して下さい……」

レンドール君が頭を抱える。どうやら、レンドール君はリーリエに強く出られないらしい。初めて知る、意外な二人の関係性だ。

まだ、私が知らないことも多いみたいだ。

リーリエとレンドール君は、言い合いを続けている。二人の会話を聞きながらお酒を飲んでいると、そこへ公爵様がやって来た。

「二人とも、何をしてるんだ？」

「レンドールが素直じゃないんですよ！」

「……揶揄《からか》うのは、ほどほどにしといてやれよ」

「はーい」

公爵様は苦笑しつつ、さらりと流してしまった。

「止めなくていいんですか？」

「あれで、じゃれてるだけだからな。よくあるんだ」

「そうなんですね」

曰《いわ》く、なかなか公爵家に馴染《なじ》めなかったレンドール君に積極的に話しかけていたのは、リーリエだけだったらしい。

「それよりも、俺も何か食べていいか？」

「もちろんです」

「どれも美味しそうだな」

公爵様が嬉しそうに目を細める。

「そういえば、公爵様はいつも私のおつまみを美味しいって言ってくれますよね」

「本当に美味しいからな。それに、俺は料理が出来るわけじゃないから、尊敬してるんだ」

「……ありがとうございます」

公爵様が「美味しい」って言ってくれるから、いつも楽しくおつまみを作れてる。

このおつまみは公爵様が好きそうだなぁとか考えながら作るのも、すごく楽しいんだ。

「たくさんあるが、何がオススメなんだ？」

「うーん。グラタンですかね。でも、どれも美味しいですよ」

「自分で言うんだな」

「皆さんのおかげで、自己肯定感が上がりまくってますからね」

私の言葉に公爵様はクスリと笑う。

「じゃあ、グラタンから食べるよ」

「せっかくだし、乾杯もしましょうよ」

「そうだな。……それじゃあ、乾杯」

「乾杯」

パーティー会場の隅っこ。私たちは静かにグラスをコツンとぶつけた。

しばらく公爵様と一緒に飲んでいると、私たちのもとに使用人がやって来た。

「公爵様。イアン様がいらしてます」

「イアンが？　それなら、ここに通してくれ」

「かしこまりました」

すぐに使用人は、来客を呼びに戻っていった。

イアンって誰だろう？　初めて聞く名前なんだけど……。

公爵様に聞いてみようか迷っていると、パーティー会場の入り口がざわめいた。というか、侍女たちが色めきだった。

「きゃっ、イアン様よ」

「今日もかっこいいわ」

「公爵様に会いに来たのかしら？」

侍女たちの視線の先には、亜麻色の髪とエメラルドグリーンの瞳《ひとみ》を持った男性がいた。

彼は、顔を赤らめている侍女たちににこやかに手を振りつつ、真《ま》っ直《す》ぐ公爵様のところに来た。

「やっほー、アベラルド」

彼が公爵様の名前を親しげに呼んだことに、驚いた。公爵様を名前で呼ぶ人なんて、今まで見た

ことがなかったから。

「突然来るなよ、イアン」

「公爵家でパーティーするって聞いたからね。来るに決まってるじゃん」

「本当の理由は？」

「恋人に家から追い出されたので、公爵家に泊めてほしかったからです」

「そうだろうなと思った」

公爵様が呆《あき》れてため息をつく。けれど、どこか気を許しているような親しげな雰囲気もあった。

二人をチラチラと見ていると、その人、イアンさんとばっちり目が合った。

「もしかして、君がアベラルドの嫁ちゃん⁉」

「はい。そうです」

「おぉ！　はじめまして。アベラルドの友人のイアン・ヴァロワです」

彼はすぐに私の手を握って、パチンとウィンクをした。

「アベラルドから話は聞いてるよ！　料理上手《じょうず》な元気で可愛《かわい》い子が妻になったってね。というか、今日のパーティーの料理、君が全部作ったの？　すごいね！」

「え、ええと？」

彼の勢いに押されて、自己紹介すら出来ない。見かねた公爵様が、彼と私を引き離してくれた。

「その辺でやめろ。ジゼルが戸惑ってるから」

「もしかして、嫉妬《しっと》～？」

「そういうことばっかり言ってるから、恋人に追い出されるんじゃないか？」

「ぐっ、ど正論。しっかり挨拶《あいさつ》するから許してよ」

「さっさとしろ」

彼はくるっと私に向き直って、紳士らしくお辞儀をした。

「驚かせちゃって、ごめんね。改めまして、アベラルドの友人、イアンと申します。ヴァロワ侯爵家の三男だけど、今は独立して商会を経営してるよ」

「公爵様の妻のジゼルです。はじめまして」

私が名前を告げると、彼は「よろしくね、ジゼルちゃん」と言った。

チャ、チャラい。

真面目《まじめ》で硬派な公爵様とは、正反対な印象だ。

「お二人は、友人なんですね？」

「そうそう。同い年で家同士の爵位も近いから、昔からよく会ってたんだ。幼なじみだよ」

「腐れ縁な」

「ひどいよね。アベラルドってこういうこと言うんだよ」

「事実だろう」

公爵様が辛辣《しんらつ》に言い放つ。しかし、イアンさんは気にしていないようで、陽気に話を続けた。

「それにしても、こんなに可愛い嫁ちゃんもらって、アベラルドが羨《うらや》ましいなぁ！」

「お前だって、恋人がいるだろう？　あ、追い出されたのか」

「すぐ傷口えぐるじゃん！　まだ別れてないし」

「まだ、な」

「そういうこと言う〜〜！」

公爵様は辛辣だ。けど、いつもとは違う男の子みたいな顔で笑っていて、どこか楽しそう。

うーん。これは、ちょっとジェラシーかも。

公爵様の珍しい一面は可愛いと思う。だけどその一方で、私には見せてくれない表情に少しだけ嫉妬してしまった。

私だって、毎週一緒に飲んでいるのになぁ。

とか考えていたら、私の横でレンドール君がめちゃくちゃ悔しそうに歯を食いしばっていた。私より嫉妬してるみたいだ……。

「というか、俺も料理を食べていい？　お腹《なか》ぺこぺこなんだけど」

「ジゼル。こんな奴《やつ》だが、食べさせてもいいか？」

「あ、はい。ぜひ！」

「流石《さすが》、ジゼルちゃん。優しいね」

さっそく彼は盛り付け皿の上に、何品か料理をよそった。

「うっま！　めちゃくちゃ美味《おい》しいんですけど！」

「いつも言ってるだろう。ジゼルの作るつまみは絶品だって」

「絶対、誇張してるって思ってた。これを毎週食べられるとか羨ましすぎるんだけど」

彼は「おいしい、うまい」と呟《つぶや》きながら、完食。

「ごちそうさまでした。美味しかったよ」

「よかったです」

「というか、店を開いたりしないの？　このポテトチップスとか絶対に売れると思うけど」

彼は、ポテトチップスを指さす。

彼の質問に、私はうーんと考え込んだ。

実は、店を開くというのは考えたこともある。ジャガイモが余ってるなら、新しくポテトチップスの店を開くのもアリなんじゃないかなと。

何より、ポテトチップスは珍しいし、売れると思うのだ。

だけど……。

「それは、やらないですね」

「どうして？」

「油が高いから、その分売値が高くなりますよね？　元を取るためには、たくさん売る必要がありますし、それを売りさばく人手がないですから」

私が前々から考えていたことを話すと、イアンさんが感心したように頷《うなず》いた。

「しっかり考えているんだね。ね、アベラルド」

「なんで俺を見るんだ」

「なんとなく」

彼は私ににっこり笑いかけた。

「じゃあ、何か商売を始めたくなったら俺に声かけてよ」

「え？」

「これでも商会を立ち上げた会長だからね。商売のノウハウを教えられるし、人手も貸せるよ」

彼はパチンとウィンクをする。

確かに、彼の力を借りれば、しっかりとした商売が始められそうだ。けど、本格的に商売を始めるとなると、大変そうだなぁとも思う。

彼は「いつでもいい」と言ってくれたし、少し保留にして、また考えよう。

「あ、あと。結婚祝いにお酒を持ってきたから、二人で飲んでよ」

「お酒ですか！　ありがとうございます！」

私がすかさずお礼を言うと、イアンさんは少し驚いてクスッと笑った。

「お、本当にお酒が好きなんだね。アベラルドの言った通りだ」

そう言われて、ちょっと恥ずかしく思いながらお酒を受け取った。

それにしても、公爵様に友人がいるとは前々から聞いていたけど、友人に対して向ける公爵様の表情や態度は初めて見るものだった。やっぱり、まだまだ知らないことは多いみたいだ。


さて。無事にポテト・パーティーが終わり、かなりのジャガイモを消費出来た。

しかし、まだまだたくさんのジャガイモが公爵家内に余っている。

公爵家内では「ジャガイモ料理に飽きてきた」という声が聞こえているし、これは本格的に別の対策を考えた方がよさそうだ。

やっぱり、イアンさんに相談して商売でも始めた方がいいのかな……？　うーん。

「ジゼル、何か悩んでいるのか？」

私が黙って考え込んでいると、公爵様が声をかけてくれた。その隣でレンドール君も心配そうに、こちらを見ている。

「いえ、大丈夫です。それより、もうすぐ孤児院に着きますね」

「ああ、そうだな」

現在、私たちは再び孤児院へと馬車で移動中だった。

今は、ジャガイモの消費のことではなく、孤児院の子供たちが授業に集中するための対策を考えなくてはならない。

今回は、既製品のクッキーを持ってきている。これで子供たちが喜んでくれるといいんだけど。

孤児院にたどり着いて、さっそく私たちは子供たちのいる教室へと向かおうとしたんだけど……。

「なんか、忙しそうですね？」

「そうだな。何かあったのかもしれない」

孤児院内を、職員の人たちが慌ただしく駆け回っている。

そこで、通りかかった職員に声をかけてみた。

「あの、何かあったんですか？」

「公爵様、ジゼル様！　実は……」

その人によると、「あんな女の菓子ごときじゃ、やる気なんて出ないんだよ！」と言っていた男の子が自室に篭《こも》ってしまったらしい。

今回の私たちの視察訪問に合わせて、謝らせようとしたところ、彼はヘソを曲げてしまったみたいだ。

「叱っても諭しても、なかなか動こうとせず……」

「そうだったんですね」

「重ね重ねすみません。こちらで対応をするので、皆様は、教室に残っている子たちに会って頂けますか？」

そう提案されて、少しだけ考える。確かに、私は教室に残っている子供たちに会いに行った方がいいだろう。

でも、元孤児の私だから出来ることがあるんじゃないかな。

「あの、公爵様」

「そいつのところに、行きたいんだな？」

「はい」

私が頷くと、公爵様は渋い顔をした。前に貶《けな》された時に誰よりも怒っていたくらいだから、公爵様は納得しないよね。

「また何か嫌なことを言われるかもしれないぞ」

「そうですね。でも、気にしてないので大丈夫です」

「しかし」

「公爵様たちのおかげで、大丈夫になったんですよ」

私の言葉に、公爵様は目を瞬かせた。

「実は、ああ言われた時は、ちょっとだけショックだったんです」

言葉にも態度にも出さなかったけど、やっぱり作ったものを貶されるのは、悲しいし悔しい気持ちにはなる。

「でも、公爵様たちが私以上に怒って、私のことを気にかけてくれたから、ショックな気持ちなんて忘れちゃったんですよ。だから、大丈夫なんです」

「……分かった。そんなに言うなら、止めないよ」

公爵様はまだ心配そうにしているけれど、とりあえず納得してくれたみたいだ。

「まあ、私が行っても、また嫌がられちゃうだけかもしれないんですけどね」

「いや、ジゼルなら大丈夫だろう」

「そうですかね？」

公爵様がやけに自信満々に言い切るから、不思議に思って聞き返してみる。

すると、公爵様は力強く頷いた。

「ジゼルは、俺やレンドールの心だって動かしたんだ。きっと、そいつの心だって変わるはずだ」

公爵様の言葉に、信頼に、じんわりと嬉《うれ》しさを感じる。自信が無尽蔵に湧いてくるようだ。

「じゃあ、行ってきますね」

私は職員の人たちに許可を取ってから、その男の子の部屋へと向かった。

男の子が篭っている部屋の前にたどり着き、ノックをする。すると、少しだけ扉が開いた。扉の向こう側で、私を見た男の子はものすごく嫌そうな顔をした。

「叱りに来たのかよ」

「違うよ。話を聞きに来ただけだよ」

「……」

彼は黙っているが、明らかな拒絶はない。うん。これなら、話しかけても大丈夫そう。

「なんで、こんなことするの？」

「教会でも聖女として優遇されて、公爵家に嫁入りした奴《やつ》に、俺の気持ちなんて分かんないだろ」

そういえば聖女が贅沢《ぜいたく》をしてるって、大司教は嘘をついていたんだった。

本当は全然違うのにね。

「私もね、孤児として教会で育ったんだよ」

「え？」

「今は公爵家に引き取られて、毎日が楽しいけど、教会にいた時はずっと惨めでひもじかったな」

「……」

「だから、少しはあなたの気持ちが分かると思う」

彼はグッと歯を食いしばった。しばらく黙っていたが、やがて彼は口を開いた。

「ずっと、無理やり働かされてきた。なのに、今度は無理やりに勉強させるのか？」

「……」

「俺たちは、今は食べ物にありつけているけど、これからどうなるか分からないだろ。それなら、俺は早くここを出て行って、働いてお金を稼ぎたい」

彼は最後にポツリと呟いた。

「勉強させる意味が分からない」

「そうだったんだね」

今まで強制的に働かされていたのに、急に勉強しろって言われても、納得出来ないよね。

でも、それなら……。

「よし、分かった。私が何とかしてみるよ」

「は？　何を考えてるんだよ」

「今、いいことを思いついたんだ」

孤児院のことも、ジャガイモ問題も。全てを解決するための、いい案が思い浮かんできたのだ。

とにかく考えをまとめてから、公爵様に相談してみよう。


公爵邸に戻ってから、私は飲みたい気分になったので、おつまみとしてジャーマンポテトを作っていた。ジュワジュワとジャガイモを炒める音がキッチンに響く。

「よし。出来た」

炒めたポテトをお皿に取り出す。出来たてほやほやのポテトのにおいが、辺りに充満する。

そっと周りを見回すと、キッチンの中には誰もいない。

「ここで食べちゃおうかな」

自分の部屋に持っていって食べてもいいんだけど、キッチンから持っていくとなると、ちょっと遠いんだよね。その間にポテトが冷めちゃいそうだ。

うん、食べよう。

そう決めて、私はジャーマンポテトを口に放り込んだ。

「あちち」

まだちょっとだけ熱かったけれど、外はカリカリで、中はホクホクの食感がたまらない。そして、熱々のポテトと一緒に飲む、冷たいビールも最高だ。

「あ〜、しあわせ」

仕事終わりの一杯が身に沁《し》みる。一人で浸りながら飲むのも、なかなか乙なものがある。

ポテトをつまみに飲んでいると、あっという間に一杯飲み終えてしまった。

もう少しだけ飲もうかどうしようか。私が迷っていると。

「ジゼル、何か作ってるのか？」

「あ」

公爵様がキッチンに顔を覗《のぞ》かせた。彼は、私の顔とビール瓶を見比べる。

「飲んでるのか？」

「あはは。ちょっと飲みたい気分になっちゃったんですよ。よかったら、公爵様も飲みますか？」

「……じゃあ、一杯だけいいか？」

「もちろんです」

公爵様は少し葛藤《かっとう》する様子を見せた後、「一杯だけ」とビールを飲み始めた。続けて、ジャーマンポテトにも手をつける。

「ほくほくしていて、美味《うま》いな。にんにくが利いてるから、ビールとよく合う」

「はい。やっぱり、その味付けがビールに合うかなって」

「やっぱり、ビールに合う味付けを意識してるのか？」

「そうですね。味付けは濃いめにして……」

一人で飲むのも乙だけど、やっぱり一緒に飲んでくれる相手がいると、こうして感想を言い合えるから楽しい。

「でも急に飲むなんて、どうしたんだ？　やっぱり何か嫌なことでも言われたのか？」

「いいえ。何もないですよ」

ただ、ちょっと教会にいた時のことを思い出しただけだ。やっぱり、聖女が贅沢してると色んなところで吹聴されていたんだなって考えちゃったりね。

でも、前ほどトラウマがフラッシュバックして震えるような感覚はなくて、自分でびっくりするくらい気持ちは安定している。孤児院に行っても、教会のことはもうほとんど思い出さないし、あの時のことはもう過去のものに出来ているんだろうなと思う。

それも全部、公爵様が大司教に対して制裁を下してくれたから。だから、今、私は平気なんだ。

「それよりも、ですよ。実は、いい案が思いついたんですよ」

私はずいっと身を乗り出す。

「いい案？」

「はい。本当は、考えをまとめてから提案しようと思っていたんですけど……」

「せっかくだし、今、言ってくれ」

公爵様が促してくれたので、遠慮なく私の考えを話し始めた。

「孤児院で、ポテトチップスを売るのがいいんじゃないかと思ったんですよ」

「孤児院で？　どういうことだ？」

男の子は言っていた。「早く働きたい」「勉強する意味が分からない」と。

それなら、お金を稼ぐことが出来て、勉強の成果を実践出来る催しを開催すればいいんじゃないかと考えた。

ポテトチップスを作る時には計量が必要になるし、売る時にはお金の計算が必要になる。

宣伝のための看板やポスター作りも頼めば、文字の練習にもなる。

このようにお金を稼ぎながら、勉強の大切さを学べるはずだ。

幸い、ジャガイモはたくさん余っている。子供たちがたくさん使うことが出来るだろう。

「なにより、子供にとってもいい経験になると思うんですよね」

「なるほどな。今なら、イアンにも相談出来るしな」

「そうなんですよ！」

イアンさんは、商売のノウハウを持っている。彼が公爵家に滞在している今だからこそ、彼に教えを乞《こ》うことが出来るだろう。

「子供が作るものだし、安い価格で販売するのか？」

「そうですね。子供たちに社会のことを知ってもらうことが第一だと思うので、売れやすいようにしましょう」

そして、儲《もう》けは孤児院の運営費と子供たちのお小遣いにしたいと思う。

使い道が分かっていれば、寄付のような感覚で買ってくれる人もいるんじゃないかな。

「それなら、細かい価格設定はイアンに相談するとして……」

こうして公爵様と作戦を練り、次のことが決まった。

・価格設定は低めに。儲けた分は孤児院の運営費用と子供のお小遣いにする。
・あくまで子供たちの参加は、希望制。
・料理は危ないので、一定の年齢に達している子のみ。

「うん。これで大体いいだろう」

「そうですね。あとは、孤児院の許可をもらってから、イアン様に相談しましょう」

というわけで、私の考えた「ポテトチップス販売計画」が無事通り、少しずつ準備が始まっていた。

孤児院の子供たちのほとんどが参加を決めたので、孤児院では販売のための準備に大忙しだ。

年齢が上の子……十三歳以上の子たちはポテトチップスの作り方を学び、十三歳よりも年齢が下の子たちはポスター作りに励んでいる。

みんなで力を合わせて一つのものを作り上げていく姿を見ていると、前世の文化祭を思い出す。

「ジゼルさま、こっちに来てください」

「はーい」

子供に呼びかけられて、私はポテトチップスを作っている子たちの様子を見に行く。

「そろそろ揚がりましたか？」

「うーん。もうちょっと待ってね」

「聖女様、指切っちゃいましたぁ」

「じゃあ、すぐに癒やすね」

子供たちが揚げているポテトチップスの様子を見つつ、包丁で少し指先を切ってしまった子を聖女の力で癒やす。すると、子供たちから歓声があがった。

「おぉー、本物の聖女様だ」

「そうだよ。でも、いつも私がいるわけじゃないから、今度から気をつけて包丁を使うんだよ」

「はーい」

こんな調子で、子供たちの監督&面倒を見ていた。

一方の公爵様とレンドール君は、ポスター班の面倒を見ている。話しかけると幼い子たちから怖がられたりするので、二人で遠くから監督しているそうだ。

この間の晩酌で、公爵様がちょっと泣いてた。

そして……。

「なあ、イアン。ポテトチップスを売りに行く場所の案なんだけど」

「イアン様、ね。……お、なかなかいい場所出してくれたじゃん」

「しょっちゅう孤児院抜け出してるから、土地勘あるんだよ」

「こら、ほどほどにしておきなよ」

前回授業をボイコットした男の子とイアンさんが話している。彼は「働きたい」と言っていただけあって、今回のポテトチップス販売に積極的に関わっていた。

特に、商人の立場でアドバイスをしてくれるイアンさんのことを慕っていて、このように二人で話し込む姿を見かけることが多い。

彼らの姿を見ていると、私の視線に気づいたイアンさんが手を上げた。

「おー、ジゼルちゃん。調子はどう?」

「元気ですよ。イアン様は？」

「元気元気！　楽しいからね！」

イアンさんは子供が好きなようで、この計画にも乗り気だった。商会の仕事の合間を見て、こちらに手伝いに来てくれているくらいだ。

本来の仕事は大丈夫なのかと聞いたことがあるんだけど……。

『部下が優秀だから、大丈夫。なにより、こうして公爵家に恩を売っておいた方が商会にとってメリットがあるからね』

と言ってウィンクをしていたから、問題ないのだろう。

イアンさんは話していた子と別れて、私のもとに駆け寄ってきた。

「販売するのは今週末だったよね。彼らと相談しながら、少しずつ詳細が決まってきてるよ」

「分かりました。あとは、しっかり売れるかどうかですよね……」

たとえ売れなくても、公爵家で材料費などは賄うつもりだ。

けれど、せっかくならポテトチップスを売り切って、子供たちに成功体験を積ませてあげたいと思っている。

「大丈夫。俺の見立てだと、すぐに売り切れちゃうと思うよ」

「そうですか？」

「うん。ポテトチップスはもちろん、それを孤児院の子供たちが売ることも珍しい取り組みだからね。注目している人は多いはずだよ」

確かに、孤児院の子供たちが食品を販売するのは、初めての取り組みだろう。

「俺の商会でお得意さんに宣伝してみたけど、反応よかったし、いっぱい買ってくれる人もいるんじゃないかなぁ」

「そこまでしてくれたんですか⁉」

「せっかく協力するなら、成功させたいしね」

そして、イアンさんは遠い目をした。

「あと、まだ公爵家に泊めてもらいたいからね……」

「ああ……」

彼は未《いま》だに公爵家に泊まっていた。

同棲《どうせい》している恋人が、家に戻ることを許してくれないらしい。一体何をしちゃったんだろう。

けれど、彼はヴァロワ侯爵家の三男だったはずだ。そっちには、帰らないのだろうか？

「イアン様は、ご実家には帰らないんですか？」

「うーん。俺は実家を飛び出して商売始めたから、ちょっと家には帰りづらいんだよね」

彼は気まずそうに頬をかく。貴族だからこそ、色々なしがらみがあるのだろう。

「言いづらいことを聞いてしまって、すみません」

「いやいや。仲が悪くなったわけじゃないから、そんなに深刻じゃないよ。それより、アベラルドの方が……」

「公爵様？」

ここで公爵様の名前が出てくるとは思わず、驚いた。私が聞き返すと、彼は曖昧《あいまい》に頷《うなず》いた。

「三男の俺と違って、公爵家の当主として背負うものが大きいから、大変なんじゃないかな」

「そうなんですか？」

「アイツが〝冷徹公爵〟って呼ばれているのを知ってるよね？」

「はい。知ってます」

「アベラルドには敵が多いから、そう呼ばれているのにも色々と複雑な事情があってね」

イアンさんは言葉を濁す。肝心なところは教えるつもりがないらしい。

「ジゼルちゃんは、アベラルドのことを冷徹だって思う？」

「まったく思いません」

公爵様と過ごした時間はまだまだ短いし、知らないことも多い。

けど、大司教に脅された時に迷わず手を差し伸べてくれたり、過去のことで悩んでいることに気づいてくれたり……。公爵様は、この短い間でたくさん助けてくれた。私は、公爵様のことを優しい人だと思っている。

「だよね。俺もそう思う。だけど、俺は友達ってだけで、アイツの苦労までは背負えないからさ。ジゼルちゃんがいてくれて、嬉《うれ》しいんだ」

「……」

「勝手かもしれないけど、これからも側《そば》にいてあげてほしい」

私と公爵様は、契約上の関係だ。本当の夫婦ではない。でも、公爵様と仕事をする時は頼もしくて、一緒に飲む時は楽しい。

出来ることなら、私だってずっと一緒にいたい。

「そうですね。側にいますよ」

「うん。ありがと」

イアンさんは心底嬉しそうに笑った。

「よーし！　じゃあ、我が友人が困っていないか、ちょっと様子を見てくるよ！」

「あはは」

明るく陽気に、イアンさんは公爵様のもとへと向かった。

本当に、イアンさんと公爵様は正反対の性格だ。でも、だからこそ仲がよくて、二人で励まし合っているんだろうな。


販売の計画が着々と進んでいた、ある日のこと。イアンさんが公爵様の肩に腕を回して、提案した。

「よし。アベラルド、今日は飲もう！」

「急にどうしたんだ？」

「明日は特に予定ないだろう？　なら、サシ飲みしよう」

「仕方ないな」

と言いつつ、公爵様も嬉しそうだ。

しかし、イアンさんが大量の酒瓶を持っているので、公爵様が飲みすぎてしまわないか心配だ。

水を差すのは悪いかなと思いつつも、私は公爵様に声をかけた。

「公爵様、飲みすぎないようにして下さいね」

「ああ、大丈夫だ。友人に醜態を晒《さら》すわけにはいかないからな。気をつけるよ」

「私は基本的に公爵様のことを信頼しているんですけど、その言葉だけは信用してません」

「そんな」

今までフラグを立てて回収しなかった公爵様がいたか？　いや、いない。

私には、公爵様が酔っ払う未来がはっきり見える。

私が公爵様にお酒の飲み方の注意をしていると、イアンさんが「まあまあ」と私たちの間に割って入った。

「大丈夫だよ、ジゼルちゃん。俺もついてるし、アベラルドの面倒は俺が見ておくから」

「本当ですか？」

「うん。俺は絶対に酔わないし、任せておいて！」


一時間後。

やっぱり様子が気になったので、私は公爵様とイアンさんが飲んでいる部屋の様子を見ることにした。

彼らが飲んでいる部屋の前にたどり着くと、すすり泣く声が聞こえてきた。やっぱり、公爵様が飲みすぎてしまったみたいだ。

ノックしてから、扉を開ける。

「公爵様、また飲みすぎー……」

「うっ、うぅ……っ！　あべらるどぉぉっ、おまえっ、よかったなぁっ」

え、誰？

扉を開けて目に飛び込んできたのは……号泣しているイアンさん？

ええと、ええと、イアンさんに見える。確かにイアンさんに見えるんだけど、私の知っている陽気な彼とは少し……いや、かなり違うような？

「あべらるどがいい子を嫁にもらって、本当に……っ、本当によがっだっ」

「イアンの言う通りだよ。俺にはもったいないくらいだ。うぅ……」

イアンさんの横で、公爵様も泣きながら弱音を吐いている。こっちはまあ通常運転だ。

「おまえが幸せそうで、俺は嬉しい」

「ありがとう、ありがとう……」

「それに比べて、俺は恋人に追い出された。なんて情けないんだ。うぅっ」

「そんなことない。イアンはいつも明るくてすごいよ。俺の方が全然ダメで……」

ぐすんぐすんとすすり泣く声が部屋の中に響く。

成人済みの男性二人が、ひたすら泣き続けている、恐怖……。

私は、そっと扉を閉めた。


「ポテトチップスいかがですかー？」

「お安いですよー！」

子供たちの元気な声が響く。今日は待ちに待ったポテトチップス販売日である。

子供たちの姿を見て買ってくれる人。

この販売をチラシで知って、来てくれた人。

販売所は、たくさんの人が集まって賑《にぎ》わっていた。

イアンさんのお得意さんである貴族が来た時は、一気に数十袋のポテトチップスを買ってくれた。

それを見て、子供たちは嬉しそうに歓声をあげていた。

午後になると、ポテトチップスの評判を聞きつけて買いに来た人もいて、私たちは終始めまぐるしく動いていた。

そして、日が沈みかけた頃。

「ポテトチップスを一袋くださいな」

「はい。お買い上げ、ありがとうございまーす！」

ついに、最後の一袋を売り切ることが出来た。

「じゃあ、これで完売でーす！」

その瞬間、ワッと歓声があがる。

予定していた時間より、やっぱり早く販売を終わらせることが出来た。もちろん、売り上げは上々。

この結果は、やっぱり子供たちが頑張ったおかげだと思う。

ということで。こっそりサプライズで、美味《おい》しいものを用意しておきました。

「みんな、ご褒美のご飯だよー！」

私が大きな鍋《なべ》を持っていくと、子供たちは興味津々に覗《のぞ》き込んだ。

「これはなにー？」

「美味しそうなにおいがする～」

「湯気が出てるよ～」

私は一番大きなテーブルに鍋を置いて、言った。

「これはね、おでんって言うんだよ」

「おでん‼」

子供たちが目を輝かせる。

大根、はんぺん、がんも、卵、ちくわなどの定番の具材から、ごぼう巻き、牛すじまで揃《そろ》えている。この世界にはない具材ばかりなので、全部私の手作りだ。

ほわっと湯気が漂って、思わずおでんの香りに食欲をそそられてしまう。

ああ、美味しそう。

食べたいし、飲みたい……けど、子供たちのために我慢。

「一人、五個ずつ選んでね」

一人一人に気になる具材を聞いて、お椀《わん》によそってあげる。

「はんぺん、ふわふわしてるよ」

「がんも、うめぇ～」

「あつあつの大根……！」

みんなで身を寄せ合いながら、思い思いにおでんを頬張っている。

「あれ、ジャガイモが入ってるよ？」

「あれ、俺のにも入ってる」

「私のにも！」

そんな言葉が聞こえてきて、ぎくりとした。実は、まだ少しジャガイモが余っていたから、おでんの中にこっそり入れちゃったんだよね。

関西地域では、おでんにジャガイモを入れる文化があるから、セーフなはず。セーフであってほしい……！

ジャガイモに気づいた子は、首を傾《かし》げる。

「なんで、こんなにたくさん入ってるんだろう」

「きっと、まだ消費しきれてないんだよ」

「聖女様、大変そうだったもんね」

「可哀想《かわいそう》だから、指摘しないであげよう」

子供たちは「うんうん」と頷《うなず》き合って、それ以上の考察をやめていた。

うっ、子供たちに気を使われてしまった。これはセーフじゃないかも……？

謎の罪悪感に苛《さいな》まれていると、私のもとにリーリエとレンドール君がやって来た。今回の販売は二人も手伝ってくれていたのだ。

「ジゼルさま～、私たちの分もありますか？」

「今回はちゃんと作っておいたよ」

「わーい！」

「いただきますね」

二人は鍋の前に並んで、選ぶ具材を吟味し始めた。

「リーリエ姉さん。がんもが美味しそうですよ」

「うーん。でも、はんぺんは食べてみたいしなぁ」

二人は悩みながら、五つの具材を選んでいた。結局、がんもとはんぺんは、半分こすることにしたらしい。本当に二人は仲が良いなあ。

「ジゼルちゃん、やっほ～」

「お疲れ様です」

そこへイアンさんがやって来た。今日一日手伝ってくれていた彼も、おでんを食べに来たみたいだ。彼は、迷わず大根やごぼう巻きを取って、

「これ美味しいね。俺は、ごぼう巻きが好きかも」

「渋いですね～」

「そうだ。俺、今日で家に戻るね」

「彼女さんは大丈夫なんですか？」

「実は、今日の販売に、彼女が来てくれてたんだよね。子供たちと接してるのを見たら、許す気になったって」

「それは、よかったですね！」

「長い間、居座っちゃってごめんね」

いえいえ、と首を横に振る。

公爵邸は広いから人が増えてもまったくストレスに感じなかったし、大して気にしてない。何より、今回の孤児院の件ではたくさん助けてもらったからね。

それにしても仲直り出来たなら、よかった。

「アベラルドにもよろしく伝えておいて。寂しくなったら、すぐ連絡しろよって」

「あはは。はい、分かりました」

公爵様は、今、孤児院の院長と話しているところだ。今日の反省点とか、今後の孤児院経営について話し合っているのだろう。

「本当にアイツのこと、よろしくね。俺と違って抱え込むタイプだし、責任感の塊みたいな奴《やつ》だから」

イアンさんは「本当に、俺とは正反対だよね～」とため息をつく。二人は似ていない。それは最初にイアンさんと会った時には、確かにそう感じていた。けれど……。

「お二人は似てますよ」

「そう？」

「はい。優しいところとか。あとは、お酒の酔い方がものすごく」

「お酒の酔い方……って、もしかしてアレ見てたの⁉」

「見てました」

「うわあ、それは忘れて下さいお願いします」

飲みすぎて号泣してしまったことは、彼にとっても消したい過去らしい。忘れてあげよう。

彼はしばらく恥ずかしさに悶《もだ》えていたが、すぐに気を取り直した。

「じゃ、また来るよ」

「はい。また、いつでも公爵様に会いに来てください」

「うん、じゃあね」

手を振って去っていく彼を見送る。すると、後ろから肩をつつかれた。

「聖女サマ、おつかれ！」

そこには、かつて授業をボイコットしていた男の子の姿があった。

今回の販売に誰よりも乗り気だった彼は、目をキラキラさせて私に話しかける。

「俺、勉強がんばることにした！」

「本当？」

「うん。今回のことでよく分かったんだ。勉強が必要なんだって。読み書きや計算も出来ないと、ろくに商売すら出来ないだろう」

「そうだね。じゃあ、院長先生の言うことをよく聞くんだよ。友達とも仲良くね」

「分かった！」

彼は嬉《うれ》しそうに目を細めて、友達のもとへと去っていく。その後ろ姿に手を振っていたんだけど。

「あと、がんばった後のあったかいご飯って美味しいんだな！　俺、初めて知ったよ」

「うん。そうだね。これからは、たくさん食べられるよ」

私がそう言うと、彼は嬉しそうに頷いた。

「今日まで楽しかった！　ありがとう！」

そして、彼は満面の笑みで、大きく手を振りながら友達のもとへと戻っていった。

私の作った料理で、そう思ってくれたことが、すごく嬉しい。やっぱり、作ってよかったなと心から思う。

でも……、
でも、頑張った後のお酒はもっと美味しいからね……！

「今、酒のこと考えていただろう」

突然、公爵様から声をかけられて、私はびっくりした。どうやら、院長との話し合いが終わって、戻ってきたらしい。

「か、考えてませんよ？」

「声が裏返ってるぞ」

「あはは……」

なぜ、バレた？

けど、私だって最近は、公爵様の考えていることが分かる時が増えた。やっぱり、長い時間を一緒に過ごしてるからかな。

「ジゼル」

「はい？」

公爵様が改めて私の名前を呼んだ。

どうしてだろうか。公爵様の表情は優しいんだけど、どこか緊張しているような気がする。

「あとでおでんを食べながら、ゆっくり飲まないか？」

「分かりました」

私も少しだけ緊張しながら、コクリと頷いた。

子供たちにおでんを振る舞い、ポテトチップス販売は無事に終了した。

ポテトチップスの売り上げは、上々。評判もよかったので、これからも孤児院が主体となって販売することになるそうだ。

そして、ポテトチップス販売には、これからもジャガイモが必要になる。そのため、私は豊穣《ほうじょう》の祈りを続けることになった。

孤児院への視察もこれで終了。私は引き続き領地を回りつつ、時々孤児院の様子を見に行くだけになりそうだ。

名残惜しい気持ちを抱えながらも、子供たちとお別れをした。

こうして約二週間にわたる視察を終えて、私たちは公爵邸へと戻った。

そして、公爵様と晩酌をするためにビールを注いで、グラスを掲げた。

「それでは、お疲れ様でした。乾杯！」

「乾杯」

二人でグラスをぶつけて、互いを称え合う。

おでんを振る舞っている間我慢していたお酒を、ようやく飲める。ゴクゴクと喉《のど》を鳴らしながら、さっそくビールを飲み干していく。

そして、グラスをテーブルの上に置いて息を吐いた。

「くぅぅぅ、おいしいっ」

今日は販売のために動き回っていたので、疲れた体にビールが沁《し》みる。

アルコールが注入されて、ほわほわと楽しい気分になってきた。

「公爵様。おでんも食べましょう！」

「ああ」

子供たちに振る舞った、おでんの残り。これを温め直して、お酒のおつまみにするのだ。それだけでは物足りなかったので、ついでに枝豆もおつまみとして用意した。

まずは、大根。

はふはふと咀嚼《そしゃく》していくと、じゅわっと熱々のおでん汁で口の中が満たされた。

大根におでんの旨味《うまみ》が、ずっしりしみ込んでいる。

「はあ、おいし～」

次は、卵だ。おでんのつゆに浸った、しっとりと柔らかい黄身を味わう。

おでんの中には他にも、ごぼう巻きや牛すじ、豆腐、ロールキャベツも入っている。

「どれも美味《おい》しいな」

「それなら、よかったです。食べたことないものも多いと思うので、美味しいと思ってもらえるか不安だったんですよ」

「確かに、珍しい食材ばかりだな。探すのは大変じゃなかったか？」

「実は、私が自作したのも多くて。どうしても、食べたかったんですよね」

流石《さすが》におでんに使われている具材の全てがこの世界にあったわけではない。

ちくわには魚のすり身を使い、がんもには豆腐を使ったりして、試行錯誤しながら完成させた。

「そういえば、おでんを入れているこの器も、見たことがないものだな？」

公爵様がおでんの入っている鍋《なべ》を指さす。

「それも、実は今回のために作っちゃったんですよね」

「作った⁉」

「浄化作業をしている時に仲良くなった鍛冶屋《かじや》の職人さんに頼んだんですよ」

「ジゼルはどこに行っても、誰とでもすぐに仲良くなるからな……。というか、いつの間に⁉」

「孤児院のお手伝いをしている裏で、こっそり進めてました」

金属製の鍋がなかったので、おでん用に作ってもらったのだ。もちろん費用は払っている。

そういった経緯もあって、正直に言うと、かなり手間がかかっている。

でも、今日はどうしてもおでんを食べたかったのだ。

「なんで、そんなにこれが食べたかったんだ？」

「そうですね……」

仕事帰りにおでんを食べ、楽しかった前世の思い出。それを子供たちと共有したかったのだ。

それに、何よりも。

「温かいものって元気になるじゃないですか。前に、」

「ん？」

そこで言葉が詰まった。少しだけ俯《うつむ》いて、再び言葉を紡ぐ。

「前に、公爵様が入れてくれたホットミルクで元気をもらったので。いつか絶対に温かいものを作りたいと決めてました」

「……」

まだ教会の問題が解決していなかった頃の、夜。トラウマを思い出して眠れなかった私に、公爵様はホットミルクを入れてくれた。それがとても嬉しくて、じんわりと体の奥が温まって。

「それで、えっと。孤児院のことも一段落したし、疲れた体にちょうどいいかなって、これを選びました」

「そうか。ありがとう」

公爵様が真っ直《ま》ぐ《す》お礼を言ってくれるものだから、恥ずかしくなってきた。私は早口で次の言葉を紡ぐ。

「あ、あと。お酒とも合うので」

「そっちが本音だな？」

「実はそうです」

「ああ、やっぱり」

私が頬を膨らますと、公爵様は「冗談だよ」と笑った。その後も、ビールを片手におでんを食べていく。

「うーん。やっぱり、大根が一番美味しいんですよねぇ。公爵様は何が好きですか？」

「ごぼう巻きも美味しいぞ」

「それ、イアン様も好きって言ってました」

「確かに、アイツも好きそうだな」

二人でおでんの美味しさを語り合う。おでんの温かさがほっと心に沁みて、自然と会話も弾む。

すると、はんぺんを口にした瞬間、公爵様が目を見開いた。

「はんぺんって、本当にふわふわしてるんだな……」

「そうですよ。ふわふわで美味しいんですよ」

公爵様は、はんぺんの柔らかさに感動していた。というのも、子供から「はんぺんってふわふわなんだよ！」と力説されて気になっていたらしい。

「公爵様は、だんだん子供と仲良くなれましたよね」

「そうだな。最初は怖がられていたが、何回か話しているうちに、なんとか打ち解けられたよ」

「公爵様が優しいから、それが子供たちにも伝わったんですよ」

「ジゼルがそう言ってくれるから、俺も救われるよ。俺は〝冷徹〟だって怖がられがちだからな」

公爵様は、少し目つきが鋭いけれど、本当は優しい人だ。それは話していれば、すぐに分かる。

なのに、〝冷徹公爵〟と呼ばれている。

イアンさんが『アベラルドが〝冷徹〟って呼ばれるのにも、色々と複雑な事情があってね』ということを言っていた。

今まで、公爵様が〝冷徹〟って呼ばれている理由を深く考えたことはなかったけれど、事情を聞いてもいいかな。

私は意を決して口を開いた。

「公爵様は、なんで〝冷徹公爵〟なんて呼ばれているんですか？」

「それは……。あまり聞いても気持ちのいいものじゃないぞ」

「公爵様が嫌じゃなければ、私は知りたいです」

私は公爵様のことを全然知らない。けれど、イアンさんに言われて、私は公爵様と〝一緒にいたい〟んだと気づいた。一緒にいたいなら、知っておくべきなんじゃないかなって思ったんだ。

公爵様はしばらく迷った後、口を開いた。

「〝冷徹公爵〟と呼ばれるようになったのは、俺が父親を引きずり下ろして、当主になったからだ」

「……」

そして、彼は自分の過去をとつとつと語り始めた。


公爵様の父親であり、イーサン公爵家の前当主。彼は、平たく言うと、最低な領主だったらしい。

領民に重い税を課して横柄な態度を取り続け、取引先との癒着もしていた。

公爵様は、ずっと、その在り方を疑問に思っていた。だから、実の父を失脚させて、当主の座についた。

当主になってからは、税を軽くして、前当主と裏で繋《つな》がっていた取引先とは取り引きを中止にしていった。

しかし、それを気に入らなかった前代の当主が、公爵様のことを悪く言いふらし始めた。

自分が権力を得るために、血の繋がった親すら無慈悲に切り捨てる〝冷徹〟な人間だ、と。

前代当主によって利益を得ていた人たちは、その噂《うわさ》を積極的に流し、いつしか〝冷徹公爵〟と呼ばれるようになっていってしまったのだ。

「その噂を信じている人間はたくさんいて、今でも俺を怖がっているんだ」

「そんな噂を信じる人なんていているんですか？」

「前当主の息子だというイメージが強いのと、目つきが鋭いのも相まってな。でも、その噂は間違ってないんじゃないかと思う」

「え？」

「俺は冷徹な人間にならないよう気をつけているつもりだが、その噂通りの人間になる可能性はあるだろう」

「そんなこと……」

「それに、俺は前当主の息子だ。血が繋がっているんだ。いつかあの親と同じことをするようになる可能性だって……むぐっ⁉」

私は公爵様の口にはんぺんを突っ込んだ。公爵様がふわふわだと言って喜んでいたはんぺんを、容赦なく。もちろん、火傷《やけど》しないように冷ましてあるやつをだけど。

「ジゼル……？」

「おでん、ホッとしますよね？」

「あ、ああ」

「私も公爵様といるとホッとします」

公爵様と一緒に飲む時は楽しくて、仕事をする時は頼もしい。

だから、これからもずっと一緒にいたいと思うんだ。

「私は、公爵様が優しいってことを知ってます。レンドール君もリーリエも、イアン様も知ってます。誰がなんと言おうと、公爵様は優しい人です」

「……」

「それだけで、十分じゃないですか？」

「……ああ。そうだな」

公爵様がくしゃりと嬉《うれ》しそうに笑う。

「ありがとう。俺はいつも君に救われてるな」

「そうですか？　私の方がいつも助けてもらってますよ」

私もかつては〝聖女は贅沢《ぜいたく》ばかりしている〟って教会に嘘の情報を流されていた。それでも、公爵様は私のことを信じてくれた。

それに、私が困っている時は、いつだって助けてくれる。欲しい言葉をくれる。

だから、私も同じ気持ちを、公爵様に返しているだけのことだ。

そう思ったんだけど、公爵様は首を横に振った。

「いや、俺の方がずっと、ジゼルの存在に助けられてるんだ」

びっくりして、顔を上げると、公爵様は優しい表情で私を見つめていた。

真剣な言葉と表情に、どきりと胸が鳴った。

「今度、二人でどこかに出かけないか？」

私が一人で顔を赤くしていると、ふいに公爵様が提案をしてきた。

「いつものお礼に、今日はジゼルを、どこかに誘いたいと考えてたんだ。……どうだ？」

「それは、前に飲み放題の店に行ったみたいな感じですか？」

「いや」

彼は首を横に振る。

よく見ると、彼の耳もほんのり赤くなっていた。

「昼から下町で店を見たり、夜は酒を飲んでもいいし……」

「行きたいです」

気づけば、自然とそう答えていた。


こうして、私たちは一緒に出かけることになったんだけど……。

あとになって、気づいた。男女が買い物に出かけて、食事もする。


これってデートなのでは……⁉

幕間　イアンと公爵様のサシ飲み

俺の名前はイアン。ヴァロワ侯爵家の三男で、商会の会長をやっている。

今、俺は幼なじみであるアベラルドの家に滞在していた。滞在理由は、恋人に家を追い出されちゃって帰る場所がないから。とほほ。

そして、今日はアベラルドと二人で久しぶりに飲むことになった。

俺たちはビールを互いに注《つ》いで、グラスをぶつけた。

「それじゃ、乾杯」

「乾杯」

ビールを飲み干して、息を吐く。

「はぁーっ、やっぱ働いた後の一杯は最高だね」

「そうだな」

ここ一週間は、商会の仕事をしたり孤児院に顔を出したりと、日程管理が大変だった。色んな人と会うのが楽しくて、ついつい予定を詰めすぎてしまったのだ。気をつけないとね。

「それにしても、ジゼルちゃんはしっかりしてるね」

酒の飲み方について、アベラルドに注意していたジゼルちゃんの姿を思い出す。

あんな風に本気で心配して叱ってくれる相手なんて、アベラルドの周りにはほとんどいなかったから、少し意外だった。

アベラルドは嬉しそうにクスッと笑う。

「そうだな。ジゼルには頭が上がらないよ」

「彼女、いい子だよね。しっかり自分の考えを持ってるし、一生懸命だし」

「本当にな」

そもそも公爵家には敵が多すぎて、信用出来る人が少ない。だから、アベラルドにとって彼女の存在がどれだけ貴重か計り知れない。

「ジゼルちゃんみたいな子が公爵家に来てくれて、本当によかった」

「ああ。イアンの言う通りだな」

「たまには、デートとか連れていきなよ。大事にしないと、追い出されちゃうよ？」

「イアンみたいにか？」

「そうそう！　俺みたいにね……って、傷口がえぐられる！」

得意のノリツッコミに、アベラルドが笑う。

「デートとは違うが、イアンが勧めてくれた飲み放題の店には連れていったことはある」

「ああ、あれね」

数ヶ月前、まだ瘴気《しょうき》の原因解明が進んでなかった頃のこと。

急にアベラルドが「結婚相手の喜びそうな飲み屋を教えてほしい」と相談してきたのだ。

あの時は驚いた。

まさかアベラルドから、女の子について相談されるとは思わなかったからだ。

今まで俺がいくら女遊びに誘っても、なびかなかったのに！

あのアベラルドが女の子のことを相談してくるなんて……！

俺は感動して、数十軒の飲み屋の候補を挙げた。そして、数時間にわたるプレゼンテーションを行った。最後の方はアベラルドの顔が死んでたな～。

「結局、ジゼルちゃんと一緒に行ってきたの？」

「ああ、飲み放題に喜んでた。イアンがいい店教えてくれたおかげだな。ありがとう」

「いえいえ～」

俺は候補を教えただけだ。実際に候補の中から選んで連れていったのは、アベラルドだしね。

「またデートに行きなよ」

「デート……」

「そうそう」

「ジゼルにそのつもりはないから、デートにはならないと思う」

「そっか」

多分、二人は契約結婚なんだと思う。

はっきり言われたわけじゃないけど、なんとなく察していた。

二人の距離感は、夫婦や恋人のものではない。せいぜい上司と部下、もしくは友達。

公爵家が瘴気の問題を抱えていたことや、彼女が聖女ということも踏まえれば、二人が契約結婚であることは容易に想像がついた。

でも、二人がお互いを意識しているのは確かだし、どうにかして進展させたいんだけど。

外野があれこれ言うことじゃないんだよね。

「まあ、仕方な……」

「だけど、今度誘ってみようと思う」

驚いてアベラルドを見ると、彼は顔を赤くしていた。こんなアベラルド、見たことがない。


へえええええ、そんな顔も出来るんだ。ふーーーん。


「なに、ニヤニヤしてるんだ？」

「べっつに〜。それより、頑張って誘えよ」

「どこがいいと思う？」

「自分で考えなよ。ジゼルちゃんの好きそうな場所」

「飲み屋」

「即答じゃん。……せっかくなら、別の場所にしたら？」

アベラルドは「やっぱり酒の飲める店がいいよな。しかし……」と考え始めた。

一人の女の子のことを真剣に考えて、一喜一憂してる。そんな彼の姿を見て、俺はクスッと笑った。

　本当に、アベラルドのこんな姿を見れると思ってなかった。

〝冷徹公爵〟と呼ばれて、社交界で心を閉ざしている姿を知っている身としては、彼の人間らしい姿が嬉しい。

　たとえ契約でも、ジゼルちゃんがアベラルドと結婚してくれて、本当によかった。

「よし、今日は祝い酒だね。たくさん飲むよ」

「ほどほどにな。ほどほどに」

　そう言いつつ、俺たちは飲んだ。

　調子に乗って、かなり飲んでしまった。お願いだから忘れて下さいとジゼルちゃんに頭を下げることになったのは、後日のことである。

四章　宴《うたげ》と親子丼

今日は、公爵様と出かける約束の日だ。私はソワソワして、部屋の中を行ったり来たりしていた。だって、今世はもちろん、前世だってデートなんてしたことがない。そもそも、これがデートと言っていいのかも分からない。

でも、前に公爵様と飲み屋に行った時とは、ちょっと違う気がするのだ。あの時は、「仲のいい上司と飲み屋に行く」だけだったけど、今はもっと……。

「ジゼル様ー！　入りますよ！」

「っ、はーい」

扉の向こうからリーリエの声が聞こえてきて、慌てて答える。

すると、リーリエが満面の笑みで部屋に入ってきた。

「ジゼル様〜、聞きましたよ。今日は公爵様と出かけるんですね」

「うん。そうだよ」

「じゃあ、今度こそデートですねっ」

「ちが……っ」

違うとも言い切れない！

どこか意識してしまっている自分がいて、「デートじゃない」と言えなかった。

「前に飲み屋に行く時はきっぱり否定していたのに、今回は否定しないんですね〜」

「……」

リーリエがニヤニヤと笑う。

だって、今はもっと、距離が近くなった。

週に一回と決めた晩酌の日も、少しずつ多くなって、お互いの考えていることが分かることも増えた。

そして、一緒におでんを食べた時に、公爵様の過去を知った。あの時、真《ま》っ直《す》ぐこちらを見つめる公爵様の視線にドキドキしてしまったのだ。

でも、ちょっと仲のいい男女が遊びに行くだけでデートなんて言っていいのか、まったく分からない。何より、公爵様には「そのつもり」がないかもしれないし……。

「ジゼル様。今は難しいことを考えず、とにかくお洒落《しゃれ》をしましょう！」

「え？　でも、もうこの服で行こうと思っているよ」

私は着ている服を指さす。仕事に行く時も着ている、いつもの普段着だ。

「ダメです。せっかくだから、特別感出しましょう！」

「でも、何を着たらいいのか分からなくて」

何せデートなんてしたことないから。前世と今世を合わせて数十年生きてるはずなのに、悲しいことに人生経験がまったく役に立たないのだ。

しかし、そんな情けない私とは違って、リーリエは自信満々に胸を叩《たた》いた。

「私に任せて下さい！　何着か可愛《かわい》い服を持ってきましたから、貸しますよ！」

「え、いいの？」

「もちろんです！」

「リ、リーリエ姉さん……！」

リーリエが頼もしい。いつもは妹みたいって思ってたのに、今日はなんだか神々しく見える。

今日からはレンドール君に倣って、「リーリエ姉さん」って呼ぼう。そうしよう。

「その代わり、今度のおつまみは私の好きなものにして下さいね！」

「もちろんだよ！」

私たちは、がっしり手を握り合った。


約束の時間になり、馬車の前で公爵様を待つ。しばらくして、公爵様がやって来た。

「ジゼル。すまない、遅くなっ……」

そこで公爵様が言葉を止めた。

「いつもとは違うな」

「はい。リーリエに選んでもらったので」

私が着ているのは、淡い色のワンピースだ。

そして、いつも下ろしている髪は、編み込み&ポニーテールに結んでいる。全部リーリエがやってくれた。

いつもだったら着ないような服と、しないような髪型。似合っているかどうか不安に思いながら、公爵様の前に進み出た。

公爵様が目を泳がせる。そして。

「その……似合ってる、ぞ？」

「あ、ありがとうございます」

慣れない会話に、二人で顔を赤くする。

ほら、いつもはお酒とおつまみのことしか話してないから（そんなことはない）。

微妙な雰囲気に、私たちが二人でもじもじしていると、後ろからリーリエとレンドール君のヒソヒソ声が聞こえてきた。

「二人とも、もどかしいね」

「そうですね。いい大人が情けない」

「大人には大人の事情があるんだよ、坊や」

「誰が坊やですか」

あっちの二人は、いつも通りの会話だ。というか、私は本当に情けないと思う。

気恥ずかしくて、公爵様の顔がまともに見られないのだから。

いよいよ痺《しび》れを切らしたリーリエが私たちの背中を押して、馬車に押し込んだ。

「さあ、早く出かけちゃって下さい！」

「ちょ、リーリエ」

まだ心の準備が、と手を伸ばすも、無慈悲にも馬車の扉が閉められる。

「遅くまで帰ってこなくても、別に大丈夫ですから」

「なんなら、明日の朝まで帰ってこなくて大丈夫ですよ！」

二人は窓の外から手を振る。

「楽しんできて下さいね！」

こうして、私と公爵様のデート（？）が始まった。


少しの気恥ずかしさを抱えながらも、私は目の前に座っている公爵様に話しかけた。

「公爵様。どこに向かってるんですか？」

「隣町だな。今の時期は、屋台が並んでるはずだから、食べ歩きでもしよう」

「食べ歩きですか！」

私は目を輝かせる。「屋台を回って食べ歩く」、なんていい響きなんだろう。何より、屋台にはビールもあると思う。

絶対に、ビールも、あると思うんだ……！

「公爵様」

「分かってる。飲むぞ」

「はい！」

私が勢いよく返事をすると、公爵様が呆《あき》れたように笑った。

「飲んだり食べたりするのが、いつも通りで楽しいよな」

「そうですね。だけど、いつもとは違う場所だからこそ、より楽しみです」

二人でクスッと笑い合う。もう先ほどまでの気恥ずかしさはなく、気安い和やかな雰囲気が流れた。

よかった。いつもの私たちの調子が戻ってきたみたいだ。

「ジゼル。今日のその格好、」

「はい？」

「……いや、何でもない」

公爵様が首を横に振る。

やがて目的地にたどり着き、私たちは馬車から降りた。

レンガ造りの広い道の両側には、屋台がずらりと並んでいる。たくさんの人でごった返していた。

公爵様とはぐれないようにしなければ、と気を引き締める。

まず目についたのは、果物屋さんだった。何種類ものカットされたフルーツ串《ぐし》が店の前に並べられている。

「公爵様、フルーツ串ありますよ」

「食べるか？」

「食べます」

私はパイナップル、公爵様は苺《いちご》を選んだ。

パイナップルに齧《かじ》り付くと、果汁が溢《あふ》れ出てきた。

パイナップルの果汁がジューシーで、果実の一つ一つが瑞々《みずみず》しくて甘い。また、少し酸味もあって、それが美味《おい》しさを倍増させていた。

「公爵様。よかったら、一個ずつ交換しませんか？」

「ああ、いいよ」

パイナップルと交換で、公爵様の苺を一つもらう。

「果肉が、果肉が甘くて美味しいですね……！」

「うん。パイナップルも瑞々しくて、食べ応えがあるな」

次に立ち寄ったのは、串焼きの店だ。お肉のにおいに惹《ひ》かれてフラフラ近づくと、メニューに「ビール」の文字があったのだ。

「公爵様、ビールがありましたよ」

「分かった分かった」

串焼き屋には、鶏肉《とりにく》だけを串刺しにしたもの、野菜だけを串刺しにしたもの、両方を串刺しにしたものがあった。

私たちは、ネギと鶏肉を串刺しにしたものを選び、ビールも合わせて注文する。そして、店前のテーブルについた。

　さっそく、串焼きにかぶりつく。鶏肉のぷりっとした食感に、ネギのとろっとした甘み。味付けは塩胡椒《しおこしょう》のみだったが、その粗野な味付けが屋台の醍醐味《だいごみ》で、これが最高に美味しいのだ。青空の下で、心地よい風に吹かれながら、冷たいビールを飲む。

「ん～～っ、美味しいですね」

　ビールの喉越《のどご》しがよくて、多幸感に包まれる。ここにたどり着くまでに歩いたこともあって、ビールの冷たさが身に沁《し》みて美味しい。

「こうして外で飲むのも、またいいな」

「そうですね。気持ちいいです」

　のんびりと時間が過ぎるような感覚に、ほっと息を吐く。今までは家で飲むことが多かったけど、空の下で飲むのも楽しいんだな。

「いつか、みんなでお花見とかしたいですね」

「お花見？」

「はい。ピクニックみたいなものなんですけど……」

　私は公爵様に、「お花見」とは何かを説明した。花が咲く木の下に集まって、飲んだり食べたりすることで、とても楽しいものだと。

　この世界に桜はないから、別の花になりそうだけどね。

「楽しそうだな。次は一緒にそれをやるか」

「はい。やってみたいです」

その時は、何を用意しようかな。きっと、手軽に食べられるものがいいよね。今から、色々と考えておこう。

ほろ酔い気分になったところで、次に立ち寄るのは、ワッフル店だ。もう既にお腹は膨れていたけど、甘いものは別腹だからね。

ワッフルにはアイスを挟めるようで、多様なフレーバーが並べられていた。この世界では冷蔵庫に似た魔法道具が開発されていて、このように外でアイスも食べることが出来る。おかげで、いつも冷たいビールも楽しむことが出来ているし、常々最高だと思っている。

「色々ありますね。公爵様は、どれにしますか？」

「俺はチョコレートにする。ジゼルは？」

「私は苺のアイスにします。さっき食べた苺が忘れられなくて……」

購入後、さっそくアイスクリームを挟んだワッフルに、かぶりつく。

ふわふわのワッフルは、まだほんのり温かくて、じわっとアイスが溶け出す。

ワッフルに載った砂糖のザクザク食感も、いいアクセントになっていた。

「ん～、美味しいですね」

「うん。甘すぎるかもと思ったが、ワッフルがさっぱりしているから、全然食べられるな」

公爵様の言う通り、ワッフルの生地が甘ったるくない。ペロリとすぐに食べ終えてしまった。

「そういえば、私って何気に甘いものって作ったことないんですよね」

「そうなのか？」

公爵様が意外そうに目を見開く。

「はい。私は基本、おつまみになるものしか作らないので」

「ああ……」

そもそも、よりお酒を美味しく飲みたくて、おつまみ作りを始めたんだよね。そして、基本的に、お酒に合うおつまみは塩辛いものだ。

甘いものも好きなんだけど、お酒に合うかと言われるとちょっと……ってなってしまう。だから、必然的に甘いものを作る優先度が低くなってしまっていたのだ。


その後も、私たちは屋台を見て回った。

食べ物以外を売っている屋台もあって、すごく興味深かった。色とりどりの布やアクセサリー、武器や古本を売っている屋台もあった。中には、怪しげな骨董品《こっとう》を売っている店もあって、道に並んでいる屋台は多種多様だ。

私は調味料、公爵様は武器や古本の屋台を嬉々《きき》として覗《のぞ》き込んだ。公爵様は、読書とか剣の技術を磨くことが趣味なんだって。

ブラブラ歩いていると、とある屋台の主《あるじ》から話しかけられた。

「お嬢ちゃん、うちで買っていかないかい？」

「何を売ってるんですか？」

「ポテトチップスだよ！」

思わず、すんと真顔になってしまった。

もう、ジャガイモは、たくさん食べたから……。

「実は、聖女様が考案したとかで、密《ひそ》かに人気になっていてね」

「そうなんですか？」

「ああ。そもそも聖女様自体が有名だからね。考案されたポテトチップスも、これから売れるだろうよ」

「……」

そう言われて、目を瞬かせる。私はコソコソと公爵様に話しかけた。

「本当なんですか？」

「知らなかったのか？　公爵領の瘴気《しょうき》問題の解決、孤児院で新しい催しを始めたとかで、ちょっとした有名人になっているぞ」

「そ、そうなんですね……」

前者は聖女の力を使っただけだし、後者は前世の知識を借りただけだから、少し後ろめたさを感じる。

話しかけてくれた店主に、購入を丁重に断ってから、私たちは再び歩き始めた。

「それにしても、すごい栄えてますね」

「ああ。他国からの輸入品を扱ってる店が多いからな。それを求める人で、賑《にぎ》わっているんだ」

「そうなんですね」

「気になる屋台があったら、言ってくれ」

「はい！」

道は人で溢れ返っている。目に入る屋台には珍しいものを売っているところも多くて、どうしても目移りしてしまう。

キョロキョロしながら歩いていると、ふと目に留まる店があった。

「あれ？」

そこはどこにでもあるような普通のフラワーショップだ。でも、その中には見覚えのある花があったのだ。

「あれって、桜の盆栽……？」

その花は、前世で見た「桜」と合致する気がする。でも、この世界に桜なんて、あるのかな？

「わっ」

「おっと、失礼」

花に気を取られていると、前方から歩いてきた人とぶつかってしまった。そして、そのまま人の波に攫《さら》われてしまう。

「ジゼル！」

公爵様の声が人混みの向こう側から聞こえてくる。公爵様と歩いていた道に戻ろうとしても、上《う》手《ま》く前に進めない。

いけない。このままだと公爵様とはぐれてしまう。そう思って焦っていると、人混みの向こう側から、公爵様の手が伸びてきて、私の腕を掴《つか》んだ。

「こっちだ」

そして、そのまま人がいない裏道へと引っ張って連れ出してくれた。

人がいない場所で、ホッと息を吐く。

「すみません」

「大丈夫だ。この人混みだし、気にするな」

人がたくさんいるから、気をつけようと思っていたのに、情けない。申し訳なさで落ち込んでいると、気づいた。

私たちが手を繋《つな》いでいるということに。

「す、すみません」

「いや、俺の方こそ」

私たちは慌てて手を放す。

心臓がドクドクと早鐘を打っている。びっくりした。本当にびっくりした。だけど、まったく嫌な感じはしなくて、むしろ……。

「ジゼル」

「はい？」

彼は、再び手を差し出してきた。

「やっぱり、はぐれると危ない。繋いでおくか？」

私は、おずおずとその手を握った。

「つ、繋ぎます」

「行くぞ」

「はい」

公爵様が私の手を引く。少し後ろから見上げると、彼の耳はわずかに赤くなっていた。

「今日は、空が青いな」

「そうですね。青いです」

上手く言葉が出てこない。公爵様の言った言葉に対して、なんとか返事するのが精一杯。

馬車に乗っていた時は、いつもの私たちの調子が戻ってきたって思ったけど……。

やっぱり、いつもとはまったく違うみたいだ。


「俺は情けない……」

うん。いつも通りみたいだ。

夕方になったので、私たちは食べ歩きを終えた。そして、近くの飲み屋に入って、飲み直し始めていた。

そこでお酒に弱い公爵様が酔っ払って、泣き言を言い始めた。いつもの流れである。

私はそんな公爵様を眺めながら、お酒を飲む。おつまみは、チキンステーキである。

お肉の身には脂が乗っていて、ぷりぷりしている。少し脂っこいけれど、その分、さっぱりしたビールの喉越しが爽《さわ》やかだ。

え？　あんなに食べ歩いて、まだお腹《なか》に入るのかって？

ほら、歩いていれば、お腹空《す》くから……。

目の前にいる公爵様は、相変わらず酔っていて、泣き言をこぼす。

「何が情けないんですか？」

「今日は、緊張してたんだ」

「そうなんですか？」

「ああ。本当は、ジゼルにもっと言いたいこともあったんだ」

「私に？」

緊張する要素なんて、あったかな？　私と出かけるだけだし、何か特別なことなんてないはずなんだけど。

そう思って首を傾《かし》げていると、公爵様と目が合った。不思議に思いながら、彼を見つめ返していると。

「……今日のジゼルが、可愛《かわい》くて」

「は⁉」

急に、公爵様が爆弾発言を落とした。

公爵様がいつもは言わないような言葉に、顔が一気に赤くなるのを感じた。

しかし、そんな私の様子などお構いなしに、彼は言葉を続ける。

「なんで、今日はそんなに可愛い格好で来るんだ」

「そ……、え、えぇ⁉」

私の動揺なんてお構いなしに、公爵様はどんどん言葉を重ねていく。

「そのワンピース、すごく似合ってる。いつもの雰囲気とは違って、ドキドキした」

「な……」

「あと、髪も可愛いよな。いつもジゼルの黒髪は綺麗《きれい》だが、一つにまとめるのも似合うって初めて知った」

「ひぇ……」

「今日は、本当にびっくりしたんだ。急にやめてほしい。心臓に悪い。というか、他の奴《やつ》には見せたくないと思」

「ちょっと止まって下さい！」

こっちがやめてほしい、本当に。心臓に悪いから！

「どうしたんですか、急に」

「ずっと思ってたのに、言えなかったんだ。だから言った」

「酒の勢いに任せて？」

「ああ」

公爵様がキリッとした表情で答える。こっちは、急な褒め殺しを受けて、それどころじゃないのに。

「あとは……」

まだ続けようとする彼の目の前に、慌てて水の入ったコップを置いた。

「さっさと水を飲んで下さいお願いします」

「なんでだ？」

「いいから、酔いを覚まして」

周りからクスクスという笑い声が聞こえてくる。「仲良しね」「バカップル」という声もチラホラ。

は、恥ずかしい。

公爵様は、お酒を飲むと本音をこぼすタイプだったはずだ。だからこそ、心から思ってくれてる言葉なのかなって考えてしまって、恥ずかしくて仕方がない。

というか、まだ周りからクスクスという笑い声が聞こえている。

「公爵様、帰りましょう。今すぐに」

「？　分かった」

ということで、私たちは大急ぎで公爵邸へと戻ってきた。

玄関ではリーリエが出迎えてくれて、彼女は意外そうに首を傾げた。

「もう帰ってきちゃったんですか？」

「う、うん」

まだ夕方だからね。予定より、ちょっとだけ早い帰宅になってしまった。

ちなみに、公爵様はレンドール君によって寝室に連れていかれていた。レンドール君は「公爵様、回収します」と言っていたので、手慣れていらっしゃる。

「楽しかったですか?」

リーリエに聞かれて、考える。

今日は、食べ歩きをして、色々な店を見て回った。手を繋いで、二人で赤くなった。最後は飲み屋で飲んで、公爵様が爆弾発言を落とした。

いつも通りなような。いつもとはちょっと違うような一日だったと思う。私にとっては、それがとても……、

「楽しかったな」

私の答えを聞いて、リーリエが「よかったですね!」と笑う。

こうして、公爵様とのお出かけ(デート?)が無事に終わった。


次の日の朝。

「公爵様、今日は外に行くんですか?」

「っ、ああ」

仕事で領地に向かう前に、玄関先で公爵様と鉢合わせた。公爵様は、私の姿を見てびくりと肩を震わせた。

「そ、そうだな。今日は、王都の方まで行ってくるつもりだ」

「そうなんですね。いってらっしゃい」

そう言って、私は立ち去ろうとしたんだけど。

「ジゼル」

「はい？」

公爵様から呼び止められて、振り返る。彼は悲痛な面持ちをしていた。

「勝手なお願いだと分かっているんだが」

「なんですか？」

「昨日のことは、忘れてくれないか？」

「ああー……」

公爵様は「あそこまで言うつもりなかったんだ」と頭を抱える。

昨日の公爵様は、いつもだったら言わないような台詞《せりふ》を口にしていた。後から思い出して、恥ずかしくなってしまったのだろう。

いつもだったら、私は「忘れます」と伝えるし、なるべく忘れる努力もする。だけど……。

「いやです」

「え？」

「絶対に忘れません」

昨日のことだけは、絶対に忘れない。

昨日は恥ずかしかったけど、それと同じくらい嬉《うれ》しかったのだ。今までの人生で、あんまり言われたことがなかったっていうのもあるんだけど……。

公爵様が言ってくれたのが、何よりも嬉しいって思ったから。

「ずっと覚えてますから」

私はすぐに恥ずかしくなって、公爵様のもとを離れた。

実はその会話をリーリエとレンドール君が聞いていて、何があったのかニヤニヤと問い詰められることになるのは、すぐ後のことである。


キッチンにジュワジュワと焼ける音がする。今、私は餃子《ぎょうざ》を作っていた。

今日は晩酌の日ではないんだけど、餃子を食べたくなってしまったので、作ってみようと思ったのだ。

「ジゼル。何か作ってるのか？」

餃子を焼いていると、公爵様がキッチンに顔を出した。

「はい。ちょっとだけ作っちゃいました。せっかくですし、一緒に食べましょう」

「いいのか？」

「もちろんです。どうせなら、お酒も少し」

「いいな、それ」

公爵様と一緒に餃子の載った皿を運んでいく。今日は約束している晩酌の日じゃないけど、ちょっとだけ飲んじゃおう。

「今日のメニューは、餃子です！」

「ぎょうざ？」

公爵様が首を傾げる。餃子って、この世界にはないもんね。

「どんな食べ物なんだ？」

「百聞は一口に如《し》かず。とりあえず食べましょう」

「分かった」

私たちはそれぞれ餃子をとった。そして。

パリパリッ、ジュワッ。

餃子に噛《か》み付くと、すぐに肉汁が溢《あふ》れ出してきた。出来たての熱々で、餃子のハネがパリパリしている。

「うっま」

そのままビールをグビグビ飲んだ。アルコールが体を駆け巡り、ほわっと全身が熱くなる。

「美味《おい》しいですね、公爵様」

「……」

「公爵様？」

「ハッ」

公爵様がフリーズしてた。私が声をかけると、すぐに公爵様は話し始めた。

「ああ、美味しいな」

「今、意識飛んでましたよね？」

「最初はパンみたいなものかと思ったが、まったく違う。外はパリパリ、モチモチ。中には肉が詰まっていて驚いた」

「意識、飛んでましたよね？」

公爵様は少し顔を赤くした。

「美味しすぎるのが、いけないだろう」

「あはは」

相変わらず公爵様は面白い。

彼は恥ずかしそうにゴホンと咳払《せきばら》いをして、話を変えた。

「それにしても、晩酌の日じゃないのに、今日はどうしたんだ？」

「実は今日、図書館に行ってきたんですけど」

「図書館に？」

「はい。そこで懐かしいレシピを見つけて、作りたくなっちゃったんですよ」

実は今日、仕事帰りに領地内の図書館に寄っていた。

そこでレシピ本を読んでいると、餃子に似た食べ物を見つけた。そして、どうしても食べたくなってしまったのだ。

「餃子って美味しいから、無性に食べたくなる時があるんですよね～」

「確かに、これは定期的に食べたくなりそうだ」

公爵様が苦笑する。すっかり餃子の魅力に取《と》り憑《つ》かれてしまったみたいだ。

「でも、なんで急に図書館に？　何か困っていることでもあるのか？」

「いえ。ただ、ちょっと調べてみたいことがあっただけで……」

私は言葉を濁す。

実は、ちょっと気になっていることがあった。

私が気になっていること。それは、公爵様と出かけた時に見かけた「桜の盆栽」である。

あの時行った屋台通りは、他国との交易が盛んなこともあり、人で賑《にぎ》わっていた。

そして、フラワーショップで、見つけてしまったのだ。桜の盆栽に似たものを。

これまで、私は味噌《みそ》や醤油《しょうゆ》などといった調味料を使ってきた。加えて、前世のおつまみを再現するために、日本の食材を探してきたし、見つからなければ、おでんの具材のように自作もした。

けれど、ずっと見つけることも自作することも出来なかったものがある。

それは、白くて、ほかほかで、日本人なら誰もが大好きな、あの主食。

そう、お米だ。

お米があれば、料理の幅が広がる。丼もの、おむすび。チャーハンも出来るし、オムライスも出来る。他にも、たくさんレシピが思い浮かんでくる。

それに、何より米が見つかったら、私はやりたいことがあるのだ。

「日本酒」で晩酌を……！

これまでも日本食を食べるたびに、思っていた。日本酒を飲みたいなぁって。

でも、流石《さすが》にこの世界に米はないだろうって諦《あきら》めてたのだ。

だけど、今回桜を見つけたことで、確信に至った。調味料に加えて、植物まであるのだ。ここまで前世の世界と似たものが存在するなら、〝米〟もあるに違いない、と。

それならば、ぜひとも米を見つけて、早く新たなおつまみに挑戦したいのだ。

そういった熱意と考えのもと、お米があるのかを調べるために、今日は図書館に行ってみたのだ。

まあ、完全に当初の目的を忘れて、レシピ本に見入ってしまったんだけどね。

「しばらくは図書館通いを続けるつもりなので、ちょっとだけ帰りが遅くなるかもしれないです」

「分かった。それなら、今度の晩酌は……」

「晩酌がどうしたんですか？」

「いや、なんでもない」

公爵様が首を横に振るが、確実に何かを言いかけていた。

もしかしたら、公爵様は気を使って晩酌をなしにしようとしたのかもしれない。けれど、図書館に行っても、晩酌の時間はしっかり確保するつもりだ。おつまみ・お酒開拓のためとはいえ、週一の楽しみがなくなったら、本末転倒だからね。


ということで、しばらく仕事帰りに図書館に立ち寄る日々が続いた。

何冊か気になった本を手元に置いて、調べていくが、なかなか上手《うま》くいかない。

読み終わった本を閉じて、ふぅとため息をついた。

「……この本にも、書かれてなかったな」

他国との交易で栄えてるって言ってたから、別の国について書かれている文献を読んでいるんだけど、なかなか目的の情報にたどり着けない。

もしかしたら、違う国の言語で書かれている本なら何か手掛かりがあるのかもしれないけれど、読むのに時間がかかってしまいそうだ。

「すみません。閉館の時間なのですが……」

「あ、はい。すみません！」

夢中になって調べていたら、あっという間に時間が経過してしまった。もう既に外は暗くなっている。

そういえば、今日は公爵様と晩酌の日だったはずだ。急いで公爵邸に戻らなければ、晩酌の時間に間に合わなくなってしまう。

今日は作るおつまみも決めてなかったし、早く帰ろう。

私は慌てて本を片付けて、図書館を出て行く。すると……、

「きゃ――――――！」

外に出た瞬間、女性の悲鳴が聞こえてきた。

「ひったくりよ！」

悲鳴の聞こえてきた方に目をやると、女性が地面に座り込んでいた。彼女は、私のいる場所とは反対方向を指さしている。

彼女の指さす先には、走り去っていく男の姿があって、きっとあの男がひったくり犯なのだろう。しかし、既に遠くまで逃げてしまっているので、ここから追うことは出来そうになかった。

「大丈夫かい？」

「可哀想《かわいそう》にね」

近くに居合わせた人たちが、その女性に声をかける。

女性は立ち上がることが出来ないみたいなので、どこか怪我《けが》をしてしまったのかもしれない。

「すみません」と謝りながら人をかき分けて、私は彼女のもとへ近づいていく。

「大丈夫ですか？」

「えっと……、足を挫《くじ》いてしまったみたいで、うまく立ち上がれないんです」

彼女の右足を見ると、確かに少し腫《は》れて赤くなっていた。これは、早く癒やした方がいいだろう。

私は手を合わせて、口を開いた。

「聖女・ジゼルの名の下に命じる。傷を癒やし、痛みを和らげよ」

聖女の魔法を発動させると、ほわっと温かな光が彼女を包み込む。

「どうですか？」

私が手を差し伸べると、彼女はおずおずと手を掴《つか》んで立ち上がった。彼女は足を少し動かしてから、頷《うなず》く。

「い、痛くないです」

「よかった」

無事に治ったみたいだ。犯人を捕まえるのは私には出来そうにないし、やれることはやっただろう。私は、その場を立ち去ろうとしたんだけど……。

「もしかして、聖女のジゼル様ですか？」

その場に居合わせた、別の人から声をかけられてしまった。すると、周りの人たちもざわめき始める。

「聖女様って？」

「ジゼル様だよ。公爵様の奥様の」

「俺、挨拶《あいさつ》してもらったことある」

「私はポテトチップス食べたことあるわよ」

おっと。いつの間にか、囲まれてしまった。それに、騒ぎを聞きつけた人たちが集まってきている。

「すみません。急いでいるので」

そう言って、私は急いでその場を後にした。

公爵邸に戻ると、すぐに公爵様が出迎えてくれた。

「ジゼル！　遅かったな」

「はい、すみません。今日は晩酌の日なのに、遅くなってしまって」

「そんなことは、気にしなくていい。それより、何かあったのか？」

「実は……」

私は帰りがけに起きた事件について説明した。すると、公爵様は「ああ」と渋い顔をした。

「最近、多いんだよな」

「そうなんですか？」

「金銭目当ての事件が頻発しているんだ。だから、ジゼルも気をつけてほしい」

「分かりました」

どうやら、ひったくりのみならず、誘拐事件も起きているらしい。

「というか、あんまり遅くなるようなら、今度から言ってくれ。俺が迎えに行く」

「え？　大丈夫ですよ」

公爵様の手を煩わせるのは、申し訳ない。本当の妻ならともかく、私たちは契約関係なんだから、余計な迷惑をかけるわけにはいかない。

そう思ったんだけど、公爵様は頑なだった。

「俺が行きたいんだ。何かあってからじゃ、遅いだろう」

「わ、分かりました」

公爵様は心配しすぎだと思う。でも、公爵様が心配してくれて、ちょっと……ううん。かなり、嬉《うれ》しいかも。それに、こんな風に心配されたことってないから、新鮮だ。

顔がにやけそうになるのを必死に抑える。

でも、馬車で移動しているし大丈夫だよね。これからは公爵様に迷惑をかけないためにも、なるべく早く帰るようにしよう。

「よし。それじゃあ、晩酌の準備は今から始めますね」

「実は、そのことなんだが」

「？」

公爵様が私を手招きする。

いつもの晩酌部屋に入ると、そこには湯気を立てているビーフシチューがあった。

私は驚いて、公爵様を振り返る。

「もしかして、作って下さったんですか⁉」

「ジゼルの帰りが遅くなるって聞いてたから、作ってみたんだが……迷惑だったか？」

「まさか！　嬉しいに決まってます！」

部屋の中には、既にビーフシチューの美味《おい》しそうな香りが充満している。食欲をそそる香りに、一気にお腹《なか》が空《す》いてきた。

「食べてもいいですか？」

「もちろん」

「じゃあ、さっそくいただきますね！」

トマト風味のまろやかな味わいの、どろっとしたルーに、大きめにカットされたゴロゴロの野菜。柔らかい牛肉には味が染み込んでいて、噛《か》む度にジュワッとビーフシチューのコク深い味を堪能できる。

「すごく美味しいですよ、公爵様！」

「そうか？　少し焦げている気がするし、やっぱりジゼルの作ったものの方が美味しいと思うんだが……」

「いいえ。すごく美味しいです」

公爵様はシュンとうなだれる。その姿が可愛《かわい》くて、愛《いと》しさが込みあげてきた。

「そうか？」

「何より、公爵様の気持ちが嬉しいんですよ」

誰かが作ってくれたものは、それだけで美味しい。私のためを思ってくれたのなら、尚更。

「さあ。せっかくですし、お酒も飲みましょう！」

「いくつか酒を用意してあるぞ」

「流石《さすが》、公爵様！」

その後は、いつも通り二人で晩酌をした。公爵様の作ってくれたビーフシチューと一緒に飲むお酒は、いつもよりずっと美味しく感じた。

その後も、私は、引き続き図書館通いを続けていた。図書館の中は、相変わらず静かで穏やかだ。お米の手がかりは、なかなか見つからず、情報収集に進展はない。

その中で変化したことと言えば、私が聖女であるということが周知の事実になったことくらいである。

特に最近は、図書館に行くと、強い視線を感じていて……。

「見て。聖女様が、また調べ物をされているわよ」

司書さんたちが私を見て、ひそひそと囁《ささや》き合っている。

「本当だわ」

「ここ最近は、毎日来ているわ。きっと勤勉な方なのね」

「さすが聖女様よね」

ごめんなさい。違うんです。ただ、お酒とおつまみのことしか考えていないんです。勤勉とかじゃないんです……。

そんな私の心を知らず、司書さんたちは私に尊敬の眼差しを向けている。私が資料を探すために声をかけると、すぐに対応してくれるし、罪悪感がすごい。

集中力が途切れてしまったので、ちょっとだけ別の本……料理本でも読もうかな。

今度の晩酌では、公爵様とクリームシチューを作ろうと約束している。ビーフシチューのリベンジをしたいんだって。せっかくだし、あらかじめレシピを確認しておこう。

その場を後にしようと立ち上がると、後ろから肩を叩《たた》かれた。振り返ると、そこには……、

「やっほー。久しぶり、ジゼルちゃん」

「イアン様⁉ お久しぶりです！」

公爵様の友人であるイアンさんがいた。

「どうしたんですか？」

「風の噂《うわさ》で、聖女様がここに通ってるって聞いてね。もしかして、ジゼルちゃんかな～って思って、来ちゃった」

「そうだったんですね」

そんなに噂になっているのかと、苦笑いしてしまった。

「アベラルドは、元気？」

「はい。元気ですよ」

「ジゼルちゃんは、毎日楽しい？」

「はい。おかげさまで」

「二人は、デートには行ったの？」

「は……」

ナチュラルに聞かれて、流れで頷きそうになってしまった。私はゴホンと咳払《せきばら》いをして、慌てて

言い直した。

「一緒には出かけましたよ」

「どう？　楽しかった？」

「た、たのしかったですよ」

なに、この質問攻めは……！

質問の意図が分からないし、イアンさんはニコニコと上機嫌だ。

「その時に、アベラルドから何か言われたりしなかった？」

「えっと……」

思い出すのは、公爵様に服装を「似合ってる」と言われたこと。そして、酔っ払った時の褒め殺しの数々だ。

顔が赤くなった私を見て、イアンは「お」と眉《まゆ》を上げた。

「アベラルドもやるね～。……なんて言われたか教えてほしいな～」

イアンさんは揶揄《からか》うように、ニヤニヤしている。

こ、これ言わなきゃいけないのかな？　でも、彼の追及からは逃れられなさそうだ……と、私は口を開いた。

「お洒落《しゃれ》したら、か、可愛いって褒められました」

私はその時のことを思い出して、更に顔を赤くしたんだけど。

「え、まだそんな段階なの？」

「え？」

「え？」

私たちの間に微妙な空気が流れる。

「ま、まあ、二人には二人のペースがあるからね。ゆっくりでいいと思うよ！　……アベラルドには、もっとしっかりしろって言いたいけど」

最後の方の言葉がよく聞こえなかった。聞き返したけど、「なんでもない」と流されてしまった。

「ところで、ジゼルちゃんは、どうしてここに？」

「えっと、実は探しているものがあって」

そこで、私は詳しい事情を説明し始めた。商会を営んでいる彼なら、何か知っているかもしれない。

一通り話を聞いたイアンさんは、うーんと考え込む。

「白くて、もちもちしている、粒状の食べ物？　聞いたことないな……」

「そうですよね……」

やっぱり、この世界にはないのかな。そう思って俯《うつむ》くと、イアンさんは「でも」と言葉を続けた。

「新しい作物の種みたいなものを売っている人は、見かけたことがある気がするんだよね」

「本当ですか⁉」

「うん。朧気《おぼろげ》な記憶だし、ジゼルちゃんの探しているものと一致するかは分からないけど……。ちょっと俺の方で調べてみるよ」

「ありがとうございます！　私は、毎日この時間ここにいるので、何か分かったら教えて下さい」

「うん。でも、最近は物騒な事件も続いているし、ジゼルちゃんも気をつけるんだよ」

「はい！」

この時、私は嬉しさに目が眩《くら》んで、気づいていなかった。私たちの会話を盗み聞きしている人がいることに。


それは、突然のことだった。

目を覚ますと、私は見知らぬ場所にいた。暗くて、じとっとした廃墟《はいきょ》みたいな場所だ。起き上がろうとすると、頭がズキリと痛んだ。それに、体を縛られているみたいで、自由に動くことが出来ない。


どうして、こんなことになっているんだっけ……？


そうだ。確か、私は今日も図書館に立ち寄ったはずだ。

いつも通りお米に関する資料探しをしていた私は、帰りが遅くならないようにと、まだ明るい時間のうちに図書館を出た。

そして、馬車に向かって歩いているところで、知らない人から声をかけられたのだ。

聖女ということが周知の事実になっており、話しかけられるのはよくあることだったので、特に気にしなかったんだけど……。

つい話し込んでしまって、後ろから近寄る人影に気づかなかった。話題が私の探している作物になって、夢中になってしまったのもいけなかったと思う。

いきなり、後ろから後頭部を殴られたのだ。そして、何が起こったのかも分からないまま、その衝撃で意識を失ってしまったんだ。

物騒な事件が続いていると言っていた公爵様やイアンさんの言葉を思い出す。

これって、誘拐だよね……？

その考えに至った時、私はサーッと青ざめていく。

まさか自分が標的になるなんて思ってもいなくて、危機管理が足りなかった。

私が転がされている部屋の隣には、誘拐犯らしき人物たちが集まっているようで、彼らの会話が聞こえてくる。

「あの女が公爵家の妻なんですか？」

「そのはずだぞ。最近、公爵家の妻が図書館にいるって噂になっていたからな」

「なら、早く身代金の要求を……」

「いや、やめておいた方がいいんじゃないですか？」

「公爵家からの報復もあるかもしれませんよ」

今後の方針について、揉《も》めているみたいだ。意外と行き当たりばったりの犯行だったらしい。

これなら、彼らの隙をついて逃げ出すことも出来そうかな……？

話し声を聞く限り、犯行人数は大体五～六人くらい。正面から突破することは難しそうだ。

そもそも聖女の力は、浄化とか結界とか攻撃力のないものしか使えないから、こういう時に役に立たないいんだよね。私自身に武力があるわけでもないし……。

とりあえず、床に転がったままでは何も出来ないので、起き上がることにした。頭を殴られたせいなのか上手《うま》く起き上がれなかったので、聖女の力で自らを癒やす。

すると、ようやく痛みが引いて起き上がることが出来た。聖女の力って、こういう面では便利なんだよね。

ついでに、隠し持っていた小型ナイフを使って、手首を縛っていた縄を切った。ちなみに、この小型ナイフは公爵様が護身用にって持たせてくれたものだ。

改めて、状況を打開するため考えを巡らせる。

考え込んで俯くと、床に何かが散らばっているのが目に入った。そういえば、床に転がされている間、体が痛くないなって思っていたけれど、床には何かが敷き詰められていたようだ。

何だろうと思って、手に取って見てみる。それは、まるで稲藁《いねわら》のような……。

ん？　稲⁉


「おい、お前！　勝手に何をしているんだ！」

突然、隣の部屋にいたはずの誘拐犯たちがこちらの部屋に入ってきた。

私が縄をほどいているのを見て、彼らは「また気絶させようか」と物騒な相談を始めた。

私は気を逸《そ》らすために、慌てて彼らに話しかけた。

「あの！　これって何ですか？」

見つけた稲らしきものを、私は指さす。

「ああ。外国の商人に買わされた、よく分からない作物だよ。言われた通りに育てて収穫したのに、こんなものしか出来なかった」

彼が指をさした先には、既に脱穀された米が大量に放置されていた。

「食えないし、売れないしで、最悪だったんだ。おかげで、大損害。俺たちの資金はすっからかんだ」

「……」

「だから、お前を使って公爵家から金をむしり取るんだ。こいつら、子分を食わせるためだ。悪く思うなよ」

その言葉を聞いて、後ろにいる男たちは「アニキ、俺たちのために……‼」と感極まっている。

しかし、彼ら以上に私の方が感動していたと思う。

だって、目の前に恋い焦がれた食べ物があるんだから。

「事情が分かったら、お前も大人しくして……」

「だったら、この作物を使った料理を作らせてもらえませんか⁉」

「は？」

「捨てるつもりなら、私に料理を作らせて下さい！」

「お前、自分の立場を分かってるのか⁉」

その時、「ぐー」と誰かのお腹《なか》の音が鳴り響いた。

やっぱりお腹は空《す》いているみたいだ。彼らの事情から察するに、お金がないからしばらく食べることが出来ていないんじゃないかな。

それならばと、私は懐からお財布を取り出した。さっきの小型ナイフもだけど、お財布も含めて持ち物は全て盗《と》られてないみたいだった。あくまで私は身代金を要求するための人質ってことなのだろうか。

「これで、卵と鶏肉《とりにく》を買ってきて下さい」

「お、おう」

「調理する場所と調味料はありますか？」

「あ、あっちにあったと思うぞ。確認してくる」

「それじゃあ、他の人は私を手伝って下さい」

私の勢いに押され気味になりながら、男たちは頷《うなず》く。

私には攻撃力も武力もないけれど、前世の知識と料理をするスキルなら持っている。久しぶりに米料理を食べるためにも、腕によりをかけて料理をしてみせようじゃないか。


脱穀済みの米を洗って、鍋《なべ》でご飯を炊き始める。炊いている間には、買ってきてもらった鶏肉を焼いて、みりんや醤油《しょうゆ》で味付け。卵を加えて、ほかほかのご飯の上に載っければ。

「完成しました。親子丼です！」

「おやこどん……？」

料理名を聞いてもピンとこなかったみたいで、誘拐犯たちは揃《そろ》って首を傾《かし》げている。

「鶏肉と卵を使っているから、〝親子丼〟なんですよ」

「親子を一緒に食べるってことか？　なんだその、悪魔みたいな発想」

なぜか、誘拐犯たちにどん引きされてしまった。彼らは「誘拐先で料理を始めるし、やばい女なんじゃ……」と、恐ろしいものを見る目でヒソヒソし始める。

失礼な。〝誘拐先で料理〟はともかく、料理名は私が考えたわけじゃないのに。

彼らは、親子丼を前にしてなかなか口をつけようとしない。仕方がないので、まずは私が食べることにした。

「それじゃあ、いただきます」

パクッと口に放り込む。その瞬間、美味《おい》しさと感動が押し寄せてきた。

白米はもちもちで、ふっくら炊き上がっている。だくだくのつゆにひたされた鶏肉はジューシーで、卵も優しい味わいだ。どこか故郷を思い出すような、懐かしい味。

つまり、めっちゃ美味しい。

「～～～っ、おいひいっ！」

私は無我夢中で、親子丼をかき込んだ。

そんな私の姿を見て、誘拐犯たちはゴクリと喉《のど》を鳴らした。そして、一人が恐る恐る一口目を口にした。

「う、うめえ……！」

すると、他の人たちも親子丼に手をつけ、ポツリポツリと呟《つぶや》き始めた。

「な、なんでかお袋を思い出す」

「母ちゃん、元気かな」

「あれ、涙が出てきた……」

「なんで、俺たちはこんなことを……」

「おふくろ……」

と、こんな調子で親子丼をかき込みながら、涙を流している。

なんだろう。この既視感のある感じ……？

ああ、そうだ。前世の刑事ドラマで観た、犯人が丼物を食べて母親のことを思い出して泣く定番シーンだ。

あれに似てる。

確か定番なのは、親子丼っていうよりカツ丼だったと思うんだけど……。

誘拐犯のうちの一人が目に涙を浮かべて、私の肩を掴《つか》んだ。

「俺が悪かったよ、嬢ちゃん！　……いや、アネキ！」

「あ、姉貴!?」

「こんなに美味《うま》いものを作れる人を誘拐するなんて間違っていた！　どうか、俺を子分にしてくれ！」

彼に続いて、他の人も声をあげ始めた。「俺も！」「アネキ、お願いします！」と。

あわよくば、彼らが料理に夢中になって、逃げられればとは思っていた。思ってはいたけれど……。

なんか、流れがおかしくない？

「俺は認めないぞ！」

しかし、その時、先ほどまで「アニキ」と呼ばれていた男が声をあげた。

「お前たち、なんで絆《ほだ》されてるんだよ。きっと、その女は俺たちを公爵家に突き出すつもりだぞ！」

「……」

「俺たちは、さっさとこの女を使って、お金を手に入れて、腹いっぱい食べるんだろう!?」

彼の言葉に、みんなが俯《うつむ》いてしまった。「そんな……」「俺たちが悪かったけど……」「もう一度、お袋に会いたいよ」となぜか呟いている。

「あの、これまでの誘拐事件やひったくりも、あなたたちの仕業なんですか？」

犯行の手際も悪いし、すぐに改心するところを見ると、あまり誘拐に慣れているようには思えない。

疑問に思って聞いてみたんだけど……。

「それは、俺たちじゃない！　ほとんどが教会の人間たちの仕業なんだ」

「ん？　教会？」

ここで教会という言葉が出てくるとは思わず、聞き返してしまった。

詳しく話を聞いてみると、大司教の悪事が暴かれたことにより、組織としての教会が弱体化。その煽《あお》りで教会に雇われていた人間が職と行き場をなくして、犯行に及ぶケースが増えているらしい。

「あー。じゃあ、物騒な事件が続いているのは、そのせいなんですね？」

私の言葉に一同頷く。だから、公爵様が異様に私に対して過保護になっていたんだ。

多分、公爵様のことだから、事態の把握と収束のために動いているんだろうけど、念のため帰ったら報告しよう。

「俺たちも、その被害に遭って、大金の入っていた鞄《かばん》を盗まれちまった」

彼がそう言うと、一人の誘拐犯が「うっ、すみませんアニキ」と涙目になった。どうやら、彼が買い付けを任されていた時に、ぼーっと歩いていたら、ひったくりに遭ったらしい。

「その上、変な作物に時間と金をかけたせいで、どんどんお金の余裕もなくなって……」

彼がそう言うと、またも同じ人が「うっ、すみませんアニキ」と涙目になった。どうやら、彼が間違えて買ってきてしまったものらしい。ドジッ子かな。

「なるほど。……そんな事情があったんですね」

そう考えると、ちょっと可哀想《かわいそう》な気もする。間接的とはいえ、教会のことが影響していると思うと、私も少しは責任を感じるし。いや、まったく私は悪くないんだけど。

私の声色に同情的な気配を感じ取ったのか、誘拐犯たちは涙目で訴え始めた。

「でも、今回が初めてのことで……！」

「アネキを誘拐のターゲットにしたのだって、もし傷つけても、聖女なら自分で癒やすことが出来るからっていう理由なんだよ……！」

「俺たちを公爵家に突き出さないでほしい！　こんなこと二度としないから」

私はそんな彼らの言葉を制して、口を開いた。

「どんな事情があっても、事件を起こしたことは許されることじゃありません。私は、あなたたちを公爵家に突き出します」

厳しい私の言葉に、彼らは「そんな……」とショックを受けている。

公爵家の妻という立場もあるし、これは仕方のないこと。そして、彼らに下す罰も、既に考えていた。

私は息を吸って、宣言した。

「そして、あなたたちには、公爵家で稲作をしてもらいます！」

「い、稲作？」

「米を作って下さい。それが、あなたたちへの罰です」

私の言葉に、彼らはどよめく。

彼らは、一度稲作を経験しており、稲作を出来るだけの技術がある。正直、彼らを手放すのは惜しい。それならば、公爵家で稲作をさせる〝罰〟を与えればいいんじゃないかと考えたのだ。

調査は必要になるだろうけど、初犯なら、私が見逃せば済むことだしね。

しかし、彼らは、私の言葉に納得出来ず、戸惑っているようだった。そこで、最後のダメ押しとばかりに、私は口を開いた。

「ちなみに、出来る限り毎日、私のまかないを付けるつもりです」

瞬間、うおおおおおおと場が沸いた。

「さ、最高だぜ！」

「毎日、美味い料理にありつけるってことだろう！」

「これでお腹いっぱい食べられる！」

「あれ、泣いてるんですか、アニキ」

「うるせえ！」

と口々に喜びを語り合っている。

彼らが笑い合っている姿を見つつ、私は親子丼の入ったお椀《わん》を再び手に取った。食べている途中で話を始めてしまったから、まだ残っていたのだ。

しかし、親子丼を食べているうちに、何かが物足りなくなってきてしまった。喉が渇いたというか、もっとテンションを上げたいというか。

まあ、つまり何が言いたいかというと……。

「ビール、飲みたいかも」

「ありますぜ、アネキ」

思わず願望を呟くと、一人がビールの入ったグラスを持ってきてくれた。周りを見渡すと、皆が酒瓶を持ってウズウズしている。

「よし、じゃんじゃん飲みますよー！」

乾杯ーっと陽気な声が響き、宴《うたげ》が始まった。私は誘拐されたという事実をすっかり忘れて、飲み始めてしまった。

◇◇◇

一方、その頃の公爵邸。

俺、アベラルド・イーサンは、とある報告を受けていた。

「ジゼルが誘拐されただと……⁉」

ジゼルの誘拐を報告してきたのは、いつも彼女を送迎している馬車の御者だった。

曰《いわ》く、ジゼルがいつもの時間になっても馬車に戻ってこないので、様子を見に行ったところ、何者かに連れ去られるところを目撃したらしい。

追いかけようとしたが、彼らはすぐに馬車に乗り込んでしまって、追いつけなかったそうだ。

俺の隣で話を聞いていたレンドールは、険しい表情で口を開いた。

「やはり最近の事件の犯人たちでしょうか？」

「……状況的にその可能性はあり得る」

ここ最近、誘拐やひったくりなどの事件が続いている。これらの事件は、元教会の関係者が起こしたもので、公爵家としても対応をしていた。

ジゼルには、余計な心配をかけないように、情報を伏せていたが……。

こんなことになるなら、彼女にも伝えておくべきだった。

「身代金の要求などはないんですか？」

レンドールの問いかけに首を横に振る。公爵家に身代金を要求する文書は届いていない。これでは、犯人の目的も居場所も分からず、対応のしようがない。

しかし、もし彼女に何かあったら……と、そう考えただけでゾッとする。

「何か、誘拐犯側にトラブルでもあったのでしょうか？」

「分からない。しかし、犯人の目的が分からない以上、早急にジゼルを探し出したい。まずは目撃情報を集めて、彼女がいる可能性のある場所をしらみつぶしに確認していくぞ。協力してくれ」

「もちろんです」

俺たちは頷《うなず》き合って、彼女の目撃情報を集めるために動き出す。どうか無事でいてほしい。もう彼女がいない生活なんて考えられないのだから。

初めは、こんなに彼女に入れ込むなんて思ってもいなかった。

領地の問題を解決するためだけの、契約上の妻。教会との関係もあったし、親しくするつもりなんて微塵《みじん》もなかった。

なのに、初めて顔を合わせた時、高級とは言えない地味な服を着て、痩《や》せ細《ほそ》っていた彼女は、いの一番に「週に一度の晩酌」を要求してきたのだ。

俺は困惑した。もっと他に要求することはないのか、と。

公爵家には、金でも服でも宝石でも、何でも与えられるだけの財力がある。社交界では、散々裏で冷徹だの何だの言ってきたのに、その財力目当てで近づいてきた女がたくさんいたくらいだ。

それなのに、彼女が要求してきたのは「週に一度の晩酌」のみ。

とりあえず、その時は、彼女にまともな服と食べ物を与えるよう、リーリエに指示を出しておいた。

そして、最初は、「晩酌」が新手の罠《わな》か何かと警戒していたが……すぐにその警戒も解けてしまった。

すぐに、彼女はただ酒が好きなだけなんだと気づいたからだ。

美味《おい》しそうに酒を飲んでいる姿を見れば、毒気も抜かれる。何より、彼女の作るつまみは、いつも美味しくて、不思議と優しい気持ちになれるものばかり。

俺は段々と、週に一度の晩酌が楽しみになっていった。

そうして過ごしている内に、少しずつ彼女に惹《ひ》かれていく部分はあったと思う。

領民のために働く姿が尊敬出来る、とか。彼女と交わす何気ない会話に心が安らぐ、とか。

その中で、彼女に対する気持ちが大きく動いたのが、多分、教会の一件があった時だ。

彼女は、教会に対して大きなトラウマを抱えている。それは、とある夜中に「眠れない」と言って肩を震わせていた彼女を見た時から、知っていたことだった。

なのに、彼女は大司教に脅された時、自らが囮《おとり》になって、大司教と対面することを選んだ。

孤児を守るために。大司教に制裁を下すために。

一人で大司教に立ち向かっていった彼女を見た時に、俺は彼女のことを守りたいと強く思ったのだ。いつだって明るく前向きで、つらい過去を感じさせない一生懸命な彼女だからこそ、守りたい……出来ることなら、一番近くで。

いつの間にかジゼルのことが契約相手である以上の、大切な存在になっていることに気づいてしまった。

だから、契約を更新して、わざわざ〝大切な飲み友達〟だと気持ちを隠して、側《そば》にいることを選んだ。

そう思っていたのに、今、彼女は危険に晒《さら》されている。

こんなことになるくらいなら、気持ちを伝えておくべきだったのだろか？　そうすれば、もっと頼ってもらえる存在になれて、今回の事件も起きなかったのだろうか。いや、しかし……。

ガタン、と馬車が揺れ、意識が現実に引き戻された。目の前には、レンドールが座っている。俺たちは、ジゼルが捕らわれていると見当をつけた場所に向かっていた。

「公爵様、もうすぐ目的地につきますが、何か心配事でも？」

「いや……、ジゼルはお腹《なか》を空《す》かせてないだろうか気になってな」

少し誤魔化したが、嘘ではない。飲むことと同じくらい食べることも好きな彼女のことだ。お腹を空かせて、泣いているかもしれないと心配はしていたのだ。

そこで、俺はハッと気づく。

「というか、まさか誘拐犯に酒をねだったりしてないだろうな⁉」

いかなる時も酒に一直線な彼女のことだ。普通、誘拐犯に酒をねだるなんてあり得ないことだと思うが、ジゼルならやりかねないとも思う。

しかし、レンドールは冷静に首を横に振った。

「いくらジゼル様でも、そこまで馬鹿なことはしないと思います。そのあたりの危機管理能力くらいあるでしょう」

「そうだよな。いくらジゼルでも、そんな阿呆《あほう》なことするわけないよな」

「はい。そこまで愚かじゃないですよ」

俺たちは頷き合った。

まさか、お腹を空かせているどころか自分で料理してたし、本当に酒もねだっていたし、なんなら宴を開いているとは知らずに。

◇◇◇

「っくしゅ」

くしゃみが出た。誰かが私の噂《うわさ》でもしているのだろうか。

今、私の目の前では、宴会が繰り広げられていた。お酒を飲みながらどんちゃん騒ぎをしている様子を見るのは楽しくて、お酒も進んでしまう。

私の後ろには、既に、空の酒瓶が数本転がっていた。

そして、お酒が進めば、自然とお腹も空いてくるもので……。

確か、親子丼に使った食材がまだ少し余っていたはずだし、追加でおつまみも作っちゃおうかな。

そんなことを考えていると、後ろから「アネキ」と肩をつつかれた。

「何ですか?」

「アネキ、俺たちは本当に許されるんでしょうか?」

「大丈夫だと思いますよ。私も説得しますし」

「けど、当主は〝冷徹公爵〟って呼ばれてるらしいじゃないですか。冷たい人なんでしょう?」

「それは違いますよ。それは、悪意を持って広められた誤った噂です」

おでんを一緒に食べた時に、公爵様が打ち明けてくれたことを思い出す。

「公爵様はいつも私を気遣ってくれる優しい人なんです。それに、領地のことを真剣に考えていて、誰よりも領民思いで。あとは……」

「……」

「あとは、すぐに酔っ払う」

「すぐによっぱらう？」

「お酒の許容量を分かっていなくて、自信満々に飲み始めるくせに、飲みすぎると泣くし、泣き言を言い始めるし」

「わあ」

出先で泣き始めたこともあったし、友人と二人で泣き続けてたこともあったし、なんか酔っ払った公爵様に褒め殺しにされたこともあったし！

そのくせ、酔ってる間の記憶を全部覚えているから余計にタチが悪いと思う。

でも……、

「でも、そういうところが可愛《かわい》い人なんです」

公爵様と一緒に飲むことが何よりも楽しいし、誰よりもおつまみを美味しいって言って食べてほしい相手は公爵様だ。

この親子丼も、早く公爵様に食べてほしいな。彼は、どんな反応をしてくれるだろうか。

驚くかな？　感動するかな？　きっと公爵様のことだから、言葉を尽くして美味しいと伝えてくれるに違いない。

「だから、安心して下さい。公爵様は無慈悲な判断はしないはずです」

そう結論づけて、私は再びお酒を飲み始めたんだけど……。

その時、バタバタと足音が聞こえてきて、急に外が騒がしくなった。

どうしたんだろう、とのんきなことを考えていると、突然、外に続く扉が開かれた。扉の先にいたのは――


「ジゼル、無事か！」


その先にいたのは、焦った様子の公爵様だった。彼の額には汗がにじんでいて、ここまで走ってきたことが窺《うかが》える。

彼の後ろには、レンドール君も厳しい表情で剣を構えている。

「全員、そこを動くな。ここは包囲されている。大人しくジゼルを……」

そこで、公爵様は私の姿を見つけた。そして、怪訝《けげん》な表情で首を傾《かし》げた。

「……酒を飲んでる？」

「ご飯を作って食べてたら、飲みたくなっちゃって」

「自分で作って食べてる？　誘拐された先で？」

「はい」

公爵様は、訳が分からないとでも言いたげな表情だ。

「⁉」

一方で、かなり酔っていた私は、これ幸いとばかりに、公爵様に親子丼を差し出した。

「公爵様、これを見て下さい！　親子丼って言うんですけど、美味しく出来たんですよ」

「は？」

「ちょうど食べてほしいなって思っていたところで」

「いや、ちょっと待て」

「実は、ずっと探していた作物を使っていて……」

「そんなことは、どうでもいいだろ‼」

公爵様が声を荒らげる。大きな声を出しているところなんて見たことがなくて、私はびっくりしてしまった。

彼は、私の肩を掴《つか》む。

「怪我《けが》はないのか？　何か、ひどいことはされていないか？」

「は、はい。それは大丈夫ですけど……」

私が答えると、公爵様はホッと息を吐いた。そして、ぐっと表情を歪《ゆが》めた。

「ジゼルに何かあったら、どうしようかと思った」

「……」

「ジゼルが誘拐されたと聞いた時、どれだけ心配したか……っ」

公爵様の手は、震えている。泣きそうな彼の表情にぎゅっと胸が締め付けられた。

こんなに心配してくれるなんて思ってなかったから、びっくりした。

でも、そういえば大司教に脅された時も、最初に気づいて助けてくれたのは、公爵様だったな……。

「心配かけてしまって、ごめんなさい」

「いや、いい。俺も大きい声を出して、すまなかった」

「いえ。いつもの時間に帰らなかったら、心配するに決まってますよね。のんきにお酒を飲んでしまっていた私が悪いです」

「でも、ジゼルは被害者だし、俺も助けに行くのが遅くなってしまって……」

「そんなことないです。私の方が……って、これだとキリがないですね」

「そうだな」

私たちは笑い合う。

よかった。いつもの私たちの会話だ。

「でも、こんなに心配してくれるなんて思いませんでした」

「心配するに決まってるだろう。ジゼルは、妻なんだから」

「そうですか？　本物の妻ならともかく、契約相手ですよ」

私がそう言うと、公爵様は気まずそうに目を逸《そ》らした。

「契約相手である以上に、ジゼルは大切な……、その……」

「大切な飲み友達、ですよね？」

分かってますよ、と笑う。前に公爵様は「大切な飲み友達」と言ってくれた。その言葉を思い出しただけなのだが、公爵様は首を振った。

「いや……。本当は、違うんだ。あの時、本当は別のことを言いたかったんだが……」

「どういうことですか？」

聞き返すも、公爵様は言いよどむ。聞き捨てならない言葉に、私は公爵様に詰め寄った。

「どういうことですか？」

「それは、また日を改めて」

「今、教えて下さい」

「やけにグイグイくるが、珍しく酔ってるな？」

公爵様が私の後ろに転がっている酒瓶を指さす。

確かにいつもより飲んでるから、開放的になっている自覚はある。

でも、私のことを「飲み友達」と思っていないなんて、どういうことなのか。ただの契約相手としか思わなくなってしまったのか、それとも別のことを考えているのか……。ハッキリさせたい。

「……ここで話さなくても、いいんじゃないか？」

「今、聞きたいです！」

公爵様がグッと言葉に詰まる。

それでも彼が言いよどんでいると、私たちの会話を大人しく聞いていた誘拐犯やレンドール君たちの「ヘタレですね」「ヘタレだ……」「ヘタレ」という、囁《ささや》き声が聞こえてきた。

「～～～っ、俺は……」

そこで言葉を止めた公爵様は、意を決したように私の手を取って、私を真《ま》っ直《す》ぐ見つめた。

彼の真剣な表情に心臓の鼓動が速くなる。

そういえば、「大切な飲み友達」って公爵様が言ってくれた時、私は何を期待していたんだっけ……？

「……俺は、つらい過去を乗り越えてきたジゼルのことを守りたいと思うし、悲しんでいる時は誰よりも早く気づきたい。酒に一直線すぎるところは困る時もあるが……そういうところも可愛らしいなって思ってる」

公爵様は一旦《いったん》言葉を区切った。彼の顔は真っ赤になっていて、緊張が伝わってきた。

「ジゼルを心配するのも、大切だって思うのも……そう思うのは、全部、ジゼルのことが好きだからなんだ」

公爵様の言葉に目を見開く。

びっくりした。だって、公爵様が伝えてくれた気持ちは、全部、これまで私が公爵様に対して思ってきたことと同じだったから。

私自身がこの気持ちを何と呼ぶのか考えたことがなかっただけで……。

周りからは「言った」「言い切ったぞ」「脱・ヘタレ」というヒソヒソ声が聞こえてくる。

その場にいる全員の視線が私に集まる中、私は口を開いた。

「私も、責任も過去も一人で背負ってきた優しい公爵様の側《そば》にいたいって思ってますし、泣いている時は近くで励ましたいって思ってます」

「……」

「私だって、酔ってる姿が可愛いって思っちゃうくらい、公爵様のことが好きなんですよ」

私の「好き」という言葉に、今度は公爵様が目を見開いた。

「本当か？」

「本当ですよ」

「ここで断っても、ジゼルの不利益にならないように契約を更新するぞ？」

「その心配はしてませんよ！」

なぜか信じてくれない。仕方がないので、私は公爵様に近づく。そして、彼の背中に手を回して、ぎゅっと抱きしめた。

「ジゼル……？」

早鐘を打つ彼の心臓の音が聞こえてくる。

その音がくすぐったくて、嬉《うれ》しくて、ほわほわと高揚感に包まれる。この感覚は……、

「お酒を飲んだ時と同じ感覚がします」

「もっと他に表現なかったのか」

「でも、もっとずっと幸せです」

私の言葉に答える代わりに、公爵様はぎゅっと抱きしめ返してくれた。


その日の夜。私たちは再び契約を結び直した。

お酒を飲みながら、思い思いに好きなことを書き連ねていく。

「いってきます」と「おかえりなさい」は毎日言おうとか。喧嘩《けんか》をしたら次の日には仲直りをしたいとか。

そういう堅苦しさのない、子供の約束事みたいなのを、思いつく限り。新しい契約の内容はめちゃくちゃで、多分、人にはくだらないって笑われてしまうだろうけど。それでも、新しい契約書は、私たちの距離が近づいた証《あかし》な気がして、嬉しかった。


そして、契約書の最後は、私たちらしい言葉で締めくくった。

「ずっと一緒にお酒を飲む」と。

エピローグ「ずっと一緒に」

その後。誘拐犯たちは、正式に公爵家で雇うことになった。

初犯であり、私自身が許しているということもあって、今回のことは公にはせずに、公爵家内で処理することになった。

とはいえ、最初、公爵様にはかなり渋られた。ジゼルに危害を加えた奴《やつ》らを許すわけにはには、と。

しかし、何度も話し合いを重ね、最終的には「どうしても、米を収穫できる人材が欲しいんです」と泣き落としたことで、許してもらえた。

その瞬間に立ち会っていたレンドール君は、「惚《ほ》れた弱みですね」と呟《つぶや》いていた。


そして、今日。私たちは、馬車に乗って移動していた。

「見て下さい。きれいな花畑が見えてきましたよ」

馬車の窓の外を指さして、隣に座る公爵様に話しかける。

「花を見ながら米を食べるんだよな？　楽しみだ」

「はい。楽しみです」

今日は、手に入れた米で作った米料理の試食会を行う日である。

試食会自体は公爵家で正式に米を取り扱う方策を練るためのものなんだけど、「どうせなら前に話していたお花見もしたい」ということになった。

そこで、「お花見会兼試食会」として予定を立て、今日決行されるに至ったのだ。

メンバーは、私と公爵様、レンドール君とリーリエのいつもの四人だ。

私たちの向かい側に座っているレンドール君とリーリエは、「ジゼル様の新しいおつまみ、楽しみだよね」「今日は試食会ですよ。真面目《まじめ》に食べて下さい」と相変わらずの会話をしている。

目的地に着くと、色とりどりの花が爛漫《らんまん》と咲いていた。目に優しい光景に、日々の疲れが癒やされていく気がする。

「きれいですね」

「そうだな。ところで、何ていう花なんだ？」

「え？　知らないです」

花より団子。ということで、風景を楽しむのもそこそこに、さっそく試食会を始めることにした。

「〝おむすび〟というものを作って持ってきました」

お弁当箱を開く。中には、たくさんのおむすびが入っている。他には、卵焼きとたこさんウィンナーだけ入れた。定番のお弁当スタイルだ。

おむすびの具材は、鮭、たらこ、昆布、ツナマヨ。こちらも定番の四種類。どれが入っているかは、食べてみてのお楽しみである。

変わり種の具材を入れてもよかったんだけど、まずは手堅い具材から食べてもらおうと思う。

さっそく、各々がおむすびを手に取って、食べ始めた。

「ぷちぷちしてる……。これは？」

「たらこだよ」

まず口を開いたのは、レンドール君だ。

彼が手に取ったのは、たらこだった。彼は初めて食べる食感に、不思議そうな顔をしている。しかし、しっかり美味《おい》しいと感じているみたいで、無言でおむすびを頬張っている。

彼のおむすびを覗《のぞ》き込んだリーリエが、「いいなあ」と声を出した。

「たらこ、美味しいよねえ。私は、この中だとたらこが一番好きな具だなあ」

「ん？　リーリエ姉さんは、既に全部の具材を食べたことがあるんですか？　まさか味見を？　誰よりも先に？　公爵様よりも先に？」

「ああー、えっと……、あ！　私は鮭が入ってましたよ。ジゼル様!!」

「話を露骨に逸《そ》らさないで下さいよ」

二人の会話を笑って聞き流しつつ、私は隣に座る公爵様に話しかけた。

「公爵様は、何が入っていましたか？」

「これは……何だ？」

「それは、昆布ですね」

「昆布？　確か、おでんの具材にも同じ名前のものがなかったか？」

「ありましたよ。同じ食材から作ってますから」

「こんなに味が違うのに……？」

公爵様も不思議そうな顔をしたが、ペロリとすぐに一つ食べ終えてしまった。彼は「ふむ」と頷《うなず》く。

「食べ応えがあって美味しいな。米は無味なのかと思ったが、しっかり塩の味がついているし、具にも塩っ気があるから飽きがこない。なにより、色んな具が楽しめるのも良い。全種類制覇したくなる」

「ぜひぜひ全種類食べて下さい。どれも美味しいですよ」

「ジゼルは、何を食べてるんだ？」

「ツナマヨです。マヨネーズを使っているんですけど、これがまろやかで美味しいんですよ」

「マヨネーズを？　想像出来ないが、確かに美味《うま》そうだな」

すぐに公爵様は次のおむすびに手を伸ばす。

協力しながら、公爵様はなんとか全種類を制覇することが出来た。

「最初は半信半疑だったが、これだけ手軽に食べられるなら、広く受け入れられそうだ。美味しいし、飢饉《ききん》対策にもなる。ジゼルは、すごいものを見つけてきたな」

「見つけられたのは、ほとんど、たまたまでしたけどね」

「後は、公爵領の特産品に出来るよう、大量生産が出来ればいいんだが……」

「そこが問題なんですよね」

他領と取引したり、領地内に普及させることが出来るだけの米の量は、まだ収穫出来ていない。

誘拐犯たちは、外国の商人から種籾《たねもみ》を買ったと言っていたのだ、その商人を見つけられれば、種籾を買い取って稲作が出来るんだけど……。

その時、遠くから「おーい」という声が聞こえてきた。

「おーい、アベラルド！　ジゼルちゃーん！」

果たして、声の主は、公爵様の友人のイアンさんだった。彼は、遠くの方で、大きく手を振っている。

やがて、彼は私たちのいるところまでやって来た。

「やあやあ。久しぶりだね、アベラルド」

「何をしに来たんだ？」

「公爵家に行ったら、ここにいるって聞いたから、びっくりしちゃった。あ、ジゼルちゃんはこの間ぶり～」

「急に来るなんて、何かあっただろう？」

「いや、そんなことは」

「何か、あったんだろう？」

公爵様が詰め寄ると、イアンさんは勢いよく頭を下げた。

「……恋人に追い出されちゃったので、泊めて下さい‼」

「またなのか」

「いやあ、ちょっと他の女の子と仲良くしすぎたっていうか、女性には優しくする主義っていうか

「……」

「自業自得だな。野宿でもしてろ」

公爵様が冷たく言い放つ。相変わらず、公爵様はイアンさんには辛辣《しんらつ》だ。

しかし、それでもイアンさんはめげない。

「ほら、今回も手土産《てみやげ》を持ってきたから。それもとびきりのやつ！」

「物には釣られないぞ？」

「多分、釣られちゃうと思うな～。なんてったって、持ってきたのはジゼルちゃんが探していた作物だからね！」

「え⁉」

思わぬ言葉に、私は勢いよく顔を上げた。イアンさんが差し出してきたものを見ると、確かにそれは米だった。

「ジゼルちゃんと話した後に、色んな人に聞いて回ったんだ。そしたら、新種の作物を売っている、外国の商人を見つけることが出来たんだよね。話を聞いてみれば、ジゼルちゃんの言っていた作物の特徴と似ているみたいだし、これは……と思って、持ってきたんだ」

「これです、これを探してました！」

「お、当たりだったみたいだね。よかった」

イアンさんはホッとしたように笑う。

「……これの種とかって、仕入れることは可能ですかね？」

「もちろん。その商人とは連絡先を交換してるからね。我が商会が仲介するよ」

「ありがとうございます！」

これなら、米を大量生産することも夢じゃない。公爵家の特産品になることがグッと現実味を帯びてきた。

そこで、イアンさんはニヤニヤと揶揄《からか》うように公爵様を見た。

「ところで、二人は晴れて両思いになったんだね」

「な、なんで、それを知ってるんだ？」

「なんか幸せそうだし、あとは二人の距離が近くなったよね」

そう指摘されて、私と公爵様は顔を見合わせる。意外と相手の顔が近くにあったことに気づいて、私たちは慌てて距離を取った。

「あはは。初心《うぶ》だね〜！　二人とも、顔が赤いよ」

「うるさい」

「アベラルドは、もっと女性をリードする術《すべ》を身につけた方が……」

「イアンは、家を追い出されないために、もっと一途になった方がいいんじゃないか？」

「おっと、雲行きが怪しくなってきた。邪魔者は退散しまーす」

彼は、リーリエとレンドール君のところに行って、「入ーれーて」と交ざりに行ってしまった。

ちゃっかりおむすびも食べ始めている。

そんな彼の姿に、公爵様は「まったく」と再びため息をついた。

「イアンが悪いな……って、酒を飲んでるのか⁉」

「あはは。無事にお米を生産出来そうなので、祝杯です。あと、せっかくのお花見ですし。公爵様も飲みます？」

「飲むに決まってる」

持ってきたビールをグラスに注いで乾杯をする。

風がそよそよと吹き、心地よい。隣には公爵様がいて、ビールも美味しい。

心が幸福感に満たされていく。

「私、お米で作ったお酒を探したいんです。もし、見つからなければ、新しくお酒を作ろうと思うんですよ」

「そんなこと出来るのか？」

「出来るかは分かりません。でも、やってみたいんです」

なにせ、お酒づくりなんて初めてのことだ。いつもやってる料理とは勝手が違うから、作るのは難しいだろう。

それでもやってみたい。そう思うのだ。

「なんと言っても、寒い日に飲む熱燗《あつかん》……！　もう一度、味わいたい！」

「まるで、飲んだことがあるみたいだな」

おっと、危ない。私は慌てて話を逸らした。

「他にも、やりたいことがたくさんあるんです。お米を広めるために、色んな領地と提携してご当地お米料理なんかも開発してみたいですし……試したいおつまみもたくさんあるんです」

「例えば、どんなものを作りたいんだ？」

「温かい鍋物《なべもの》とか作りたいですよね。みんなで一つの鍋《なべ》を囲って、好きな具材を取っていくんです。醤油《しょうゆ》ベースの温かい汁物とかが美味しいと思います」

「いいな、それ。みんなで食べるなら楽しそうだし、何よりジゼルが作るなら絶対に美味しいだろうな」

醤油ベースで王道に楽しめるのは、すきやきやもつ鍋かな？　……でも、鍋物ならしゃぶしゃぶとかキムチ鍋も捨てがたい。

「他にも、干物系、燻製《くんせい》系も挑戦してみたいですね」

「燻製は分かるが……干物とは？」

「魚介類を塩に漬けてから、乾燥させるんです。噛《か》めば噛むほど味が出て、これまた癖になるんですよ」

「そんなに美味《うま》いのか？」

「はい」

やっぱり一番食べたいのは、「さきいか」かな。イカ系の干し物は最強だから……。

「魚介類の流れで行くと、お刺身も食べたいですね」

「おさしみ、とは？」

「火を通さない魚です」

「生ということか⁉」

公爵様が驚いている。

お米も見つかったことだし、頑張ればお寿司も作れそうかな〜とか考えてみたり。楽しい想像はどんどん膨らむ。

「他にも、丼物とかも作りたいです。この間は親子丼を作ったので、天丼とかカツ丼とか」

「本当にやりたいことがたくさんだな」

「ダメですかね……？」

不安になって聞き返すと、公爵様は首を振って笑った。私を安心させるための、いつもの優しい笑顔だ。

「ジゼルの好きにすればいい。俺も出来る限り手伝うから」

「ありがとうございます！」

公爵様が助けてくれる。これほど心強いことはない。


前世、最後の願いは「誰かと一緒に飲みたい」というささやかなものだった。公爵様のおかげで、それを叶《かな》えることが出来て、思わぬ労働改善により心に余裕も出来た。

公爵家の人や領地の人との交流で、公爵家での仕事にやりがいも生まれた。

そうして人と関わっていく中で、やりたい、やってみたいと感じることが増えていった。私は、いつの間にか欲張りになってしまったみたいだ。

「来週も頑張りましょうね、公爵様」

「ああ。頑張ったら、週末は晩酌だな」

これからも公爵様の妻として、公爵様の隣で働いていく。

そうして、めいっぱい頑張った後は、二人で一緒にお酒を飲もう。そうしよう。

あとがき

夢生明《むうみん》と申します。この度は、『聖女と公爵様の晩酌 ～前世グルメで餌付けして、のんびり楽しい偽物夫婦ぐらし～』を手に取って頂き、ありがとうございます。

本作は、カクヨム様にて開催された「嫁入りからのセカンドライフ」中編コンテストにて、ありがたくも優秀賞を賜ったものになります。

本作を書き始めたきっかけは、友人との飲み会に参加した時に食べた串《くし》カツが美味《おい》しすぎて、「この感動を文章にしたい！　お酒をテーマに小説を書こう！」と思ったことでした。……いや、あの、本当に美味しかったんですよ、串カツのサクサクした食感と熱々の肉汁が（割愛）。

そこから、〝契約結婚の条件を晩酌にしたら面白いんじゃないかな〟〝主人公は前向きな聖女にしよう〟〝ヒーローはネタに振り切ろう〟などなど設定を固めていく内に、いつの間にかお酒に一直線なジゼルとすぐに泣く公爵様が完成していました。

投稿し始めた時に嬉《うれ》しかったのは、想像以上にたくさんの方が読んで下さり、ご感想を頂けたことです。特に、最初の晩酌での公爵様が情けなさすぎて「好きになってもらえないのではないか」と不安だったのですが、ありがたくも温かく受け入れて頂き、それ以降は安心して（楽しみながら）公爵様を泣かせることが出来ました（笑）。

一方、初期のキャラクター設定で一番悩んだのはレンドール君でした。投稿を始める前の彼、実はお酒が飲める設定で、アルコールが入ると口が悪くなる一面がある……という公爵様と対になる人物にする予定でした。しかし、この設定ではなかなか筆が進まず、彼に関する設定を大きく変更しました。結果として、今の「金髪碧眼《へきがん》ツンデレ高身長ショタ従者」という属性を持ったレンドール君が爆誕していました。

リーリエちゃんとイアンさんは、コンテスト受賞後、長編化する際に増やしたキャラクターです。ジゼルの友達になれるような明るい女の子が欲しいと思い、まずは侍女のリーリエちゃんを登場させました。イアンさんに関しては、編集者様から「イケメンを増やしましょう！」とご提案頂いて、「やった～」と思いながらノリノリで増やしました。彼を登場させるたびに、「友達思いのチャラ男からしか得られない栄養がある」と思いながら書いています。

賑《にぎ》やかな彼らを書くことは本当に楽しくて、あっという間に時間が過ぎていきました。たくさんの方に応援して頂き、ご縁に恵まれて、こうして出版することが出来ました。この小説を書くことが出来て、本当に幸せだったと感じております。

ずっと小説家になることが夢でした。こうして長年の夢を叶《かな》えることが出来たのは、たくさんの方の応援があったからです。本当にありがとうございます。

最後になりますが、本作に携わって下さった方々にお礼を申し上げます。

担当編集者のW様、S様。初めての書籍化で右も左も分からない私に書籍化作業について懇切丁寧な説明とたくさんのアドバイスをして下さり、ありがとうございました。私の実生活の予定まで考慮してスケジュールを組んで下さり、本当に感謝が尽きません。

イラストを担当して下さった、匈歌《きょうか》ハトリ様。温かみのある素敵なイラストを描いて下さり、本当にありがとうございます。表紙絵を見るたびに、「ビールと料理が美味しそうすぎる！」「ジゼルと公爵様が可愛い！」と悶《もだ》えています。

また、いつも美味しいご飯を作ってくれて、執筆中パソコンが壊れた時はすぐにパソコンを直してくれた母。執筆活動を応援してくれた友人。その他、本作に携わって下さった全ての方々に心より感謝申し上げます。

そして、読者の皆様。この小説を見つけて下さり、本当にありがとうございます。数多《あまた》の娯楽がある中で、この小説を手に取って頂けたのは当たり前のことではなく、本当に感謝の気持ちでいっぱいです。またどこかで皆様とお会い出来たら嬉しいです。

お便りはこちらまで

〒102－8177
カドカワBOOKS編集部　気付
夢生明（様）宛
匈歌ハトリ（様）宛

カドカワBOOKS

聖女《せいじょ》と公爵様《こうしやくさま》の晩酌《ばんしやく》
～前世《ぜんせ》グルメで餌付《えづ》けして、のんびり楽《たの》しい偽物夫婦《にせものふうふ》ぐらし～

2024年10月10日　初版発行

著者／夢生明《むうみん》
発行者／山下直久
発行／株式会社KADOKAWA
〒102-8177
東京都千代田区富士見2-13-3
電話／0570-002-301（ナビダイヤル）

編集／カドカワBOOKS編集部
印刷所／暁印刷
製本所／本間製本

●お問い合わせ
https://www.kadokawa.co.jp/（「お問い合わせ」へお進みください）
※内容によっては、お答えできない場合があります。
※サポートは日本国内のみとさせていただきます。
※Japanese text only

Printed in Japan
ISBN 978-4-04-075652-3 C0093

新文芸宣言

かつて「知」と「美」は特権階級の所有物でした。

15世紀、グーテンベルクが発明した活版印刷技術は、特権階級から「知」と「美」を解放し、ルネサンスや宗教改革を導きました。市民革命や産業革命も、大衆に「知」と「美」が広まらなければ起こりえませんでした。人間は、本を読むことにより、自由と平等を獲得していったのです。

21世紀、インターネット技術により、第二の「知」と「美」の解放が起こりました。一部の選ばれた才能を持つ者だけが文章や絵、映像を発表できる時代は終わり、誰もがネット上で自己表現を出来る時代がやってきました。

UGC（ユーザージェネレイテッドコンテンツ）の波は、今世界を席巻しています。UGCから生まれた小説は、一般大衆からの批評を取り込みながら内容を充実させて行きます。受け手と送り手の情報の交換によって、UGCは量的な評価を獲得し、爆発的にその数を増やしているのです。

こうしたUGCから生まれた小説群を、私たちは「新文芸」と名付けました。

新文芸は、インターネットによる新しい「知」と「美」の形です。

2015年10月10日
井上伸一郎